Karl Emil Franzos

Melpomene

Eine Novelle aus dem jüdischen Prag

Karl Emil Franzos: Melpomene. Eine Novelle aus dem jüdischen Prag

Erstdruck in »Tragische Novellen«, Stuttgart, A. Bonz, 1886.

Neuausgabe mit einer Biographie des Autors
Herausgegeben von Karl-Maria Guth
Berlin 2016

Umschlaggestaltung von Thomas Schultz-Overhage unter Verwendung
des Bildes: Maurycy Gottlieb, Porträt einer jungen jüdischen Frau,
1879

Gesetzt aus der Minion Pro, 11 pt

Verlag: Henricus - Edition Deutsche Klassik GmbH
Mörchinger Str. 33, 14169 Berlin, info@henricus-verlag.de
Druck: Libri Plureos GmbH, Friedensallee 273, 22763 Hamburg

ISBN 978-3-86199-810-5

Bibliografische Information der Deutschen Nationalbibliothek

Die Deutsche Nationalbibliothek verzeichnet diese Publikation in der
Deutschen Nationalbibliografie; detaillierte bibliografische Daten sind
im Internet über www.dnb.de abrufbar.

In einer jener engen, düsteren Gassen der Prager Altstadt, welche südlich der merkwürdigen Altneuschul' liegen, wohnte vor langen Jahren ein armes jüdisches Ehepaar, Herzheimer mit Namen, dessen einziger Schatz eine Tochter von großer, ja bewundernswerter Schönheit war. Aus einem hageren, fast häßlichen Kinde mit eckig harten Zügen hatte sich die braune Lea während ihres sechzehnten Frühlings und Sommers jählings, zu ihrem eigenen süßen Schreck, in eine herrlich erblühte Jungfrau gewandelt, wie durch einen gütigen Zauber gewannen die schlanken Glieder entzückende, weil maßvolle Fülle, und dieselben harten Züge, die vordem fast abstoßend gewesen, rundeten sich nun zu einem Antlitz vor strenger, bezwingender Schönheit. Wie in dieser raschen Reife erwies sich das Mädchen auch sonst, selbst dem flüchtigen Blick erkennbar, als echte Tochter ihres Stammes; selten mag der Typus des Orients zu gleich edler Verkörperung gediehen sein wie in diesen scharfen, königlich stolzen Zügen, um welche prächtiges tiefschwarzes Haar wallte, so reich, daß es kaum zu bändigen war und dann gleich einer Krone auf dem edlen Oval des Hauptes lag. Seltsam grüßten in dem braunen, glutenreichen Antlitz große, blaue, kalt und keusch blickende Augen, aber wie dieser Gegensatz nur den Reiz des Mädchens hob, so auch die tiefe glockentönige Stimme.

Lea Herzheimer war ein herrliches Geschöpf, aber eine Gabe, welche man die Seele der Schönheit nennen könnte, war ihr versagt geblieben: die Anmut. Jede rasche Bewegung ihres begnadeten Leibes ließ dieselbe vermissen, und wer die Jungfrau tanzen sah, dem tauchte unwillkürlich, wie durch einen Schleier, das Bild des eckigen reizlosen Kindes auf. Doch geschah dies nicht oft: Sie tanzte ungern; ihr Gang war langsam, die Geste gemessen. Nicht im Bewußtsein jenes Mangels hatte sie dieses schwere, fast feierliche Benehmen angenommen, denn durch maßlose Bewunderung verwöhnt, hielt sie ihren Leib für den schönsten und anmutreichsten, der je auf Erden geblüht, sondern weil es um ihre Seele ähnlich stand wie um den Körper.

Auch diese Seele war schön, aber von keinem Hauch natürlicher Grazie bewegt und belebt. Lea war nicht bloß klug und energisch, sondern auch gut und rein, ihren wenigen Gespielinnen die teilnehmendste Freundin, ihren Eltern die trefflichste Tochter. Aber ihr fehlte die muntere Natürlichkeit ihrer Jahre und jene Gabe, welche das Glück der Jugend begründet und sie mit Heiterkeit überflutet: die Fähigkeit, dem Augenblick zu leben. Wie der Tanz ihrer leiblichen Schönheit Abbruch tat, so konnte sich in einem rasch oder heiter geführten Gespräch ihre geistige Begabung am wenigsten bewähren; sie folgte ihm ungeschickt, fast stolpernd und fühlte sich erst dann wohl, wenn es langsam und ernsthaft auf geraden Wegen einherging. Für Humor hatte sie keinerlei Empfindung; einen Witz zu begreifen kostete ihr schwere Mühe, ihn nachzusprechen widerstrebte ihr wie eine Sünde. Ein alter jüdischer Privatlehrer, Herr Landau, der ihre Ausbildung in literarischen und ästhetischen Dingen, soweit ihm Kraft und Geschmack reichten, förderte, hatte ihr den Spitznamen »Melpomene« aufgebracht, und obwohl dem witzigen Manne nicht alles glückte, so hatte er doch hier das Richtige getroffen: Wer Antlitz und Gebärde des schönen Mädchens sah, konnte leicht an die tragische Muse denken, und der pathetische Grundzug der jungen Seele offenbarte sich stets und immer wieder auf das deutlichste.

Derlei Naturen finden sich bekanntlich oft unter den Sprößlingen dieses Stammes, was ja auch aus seiner Art und Geschichte nur zu leicht erklärlich ist; hier traten noch besondere Schicksale hinzu, den angeborenen Zug zu verschärfen.

Lea war armer und, was hundertfach schlimmer, arm gewordener Leute Kind, die nun einzig von der kärglichen Unterstützung wohlhabender Verwandten ihr Dasein fristeten. Das aber ist die bitterste Art der Armut, weil sie die schmachvollste und betrübteste ist, durch Reue, Neid und Demütigung verschärft, von keinem frohen Bewußtsein der Arbeit, von keiner Hoffnung auf bessere Tage erhellt. Wolf Herzheimer, der Vater, war nicht so sehr deshalb ein beklagenswerter Mann, weil er in der Ungunst einer stürmischen Zeit das ererbte Vermögen und die Mitgift der Gattin verloren, sondern weil er sich nun zu keiner neuen Tätigkeit mehr aufraffte. Er unterließ dies nicht aus Entmutigung und weil ihn etwa das erlittene Unglück für immer gebrochen, als vielmehr aus falscher Scham: es schien ihm unmöglich, nun der Bedienstete oder Vermittler derselben Kaufleute zu werden, auf die er einst im Gefühl seines Reichtums herabgeblickt; auch für seine Verwandten, die ihm eine Stellung in ihren Warenläden anboten, hatte er nur die Erwiderung, daß er nicht zum Knecht tauge; wenn es ihnen mit ihrem Mitgefühl ernst sei, so mögen sie ihm die Mittel zu einem neuen Geschäft gewähren. Dies aber konnten oder mochten seine Vettern nicht, vielleicht aus Zorn über sein Benehmen oder weil sie nicht grundlos seiner Tüchtigkeit mißtrauten, und da sie andrerseits doch, von dem Familiensinn ihres Stammes erfüllt, den verarmten Mann samt Weib und Kind nicht ganz dem Elend überlassen mochten, so gewährten sie die notwendigste Unterstützung, wenn auch immer wieder zögernd und unter Vorwürfen.

Das einzige Licht in dem Jammer dieser Lage war das Verhalten seiner Gattin. Frau Taube Herzheimer hatte alles aufgeboten, die Verwandten, dann ihren Mann zu einer Änderung ihrer Entschlüsse zu bewegen; nachdem dies vergeblich gewesen, fand sie sich still in ihr Los, und weder während jenes vergeblichen Ringens, noch nun, da sie keine Hoffnung mehr hegte, trat jemals ein Wort der Klage oder des Vorwurfs über die bleichen Lippen, welche so oft in schlaflosen Nächten Gebete zum himmlischen Helfer geflüstert oder sich in harten Tagen krampfhaft zusammengepreßt, zu verbergen, was das wunde Herz empfand. Tapfer und geduldig mühte sie sich, aus eigener Kraft einiges Geld ins Haus zu bringen, indem sie hinter dem Rücken des Mannes für ein Wäschegeschäft nähte, dann seinem Bettelstolz das Zugeständnis abrang, eine größere Wohnung nehmen und möblierte Stuben an junge Leute vermieten zu dürfen. Ihr zuliebe ließen sich auch die Vettern zuweilen zu größeren Opfern bereit finden, gleichwohl mehrte sich mit den Jahren die Last dieser stillen Dulderin bis zum Unerträglichen. Das Mitgefühl mit dem Schicksal ihrer Kinder wühlte bitterer in ihrem Herzen, als es je das eigene Leid vermochte. Vier Kinder hatte sie ihrem Gatten geboren, sämtlich Töchter; die drei ältesten in den ersten sorgenlosen Zeiten ihrer Ehe; die jüngste zehn Jahre später, lange nachdem das Glück des Hauses für immer zerbrochen. Die Mädchen waren brav, aber arm und durchaus nicht schön; die Mutter sah ihr Schicksal voraus, und es schien sich in seiner ganzen Härte erfüllen zu wollen.

Nur die älteste, Rebekka, hatte einen Freier gefunden, einen Branntweinhändler niedriger Herkunft, der sich über den Mangel an Mitgift mit der Aussicht auf Aufnahme in den angesehenen und einflußreichen Familienverband tröstete. Nun hatten sich aber die reichen Vettern Herzheimers damit begnügt, die Hochzeit mit ihrer Anwesenheit zu beehren; in der Folge wollten sie mit dem neuen Verwandten nichts gemein haben, am wenigsten in Geschäften. Der rohe Mann vergalt dies seinem armen Weibe durch Schimpf und Hohn; mit dem Schicksal Rebekkas verglichen, welche in größter Dürftigkeit, von der Sorge um ihre Kinder, von der Furcht vor ihrem Gatten erdrückt, ihre Tage dahinschleppte, war noch jenes ihrer Schwestern leicht zu tragen, obwohl sie nur eben im freudlosen Hause ihrer Eltern einsam zu alten Jungfern verblühten.

Und so war das tiefe Weh nur allzu berechtigt, mit dem zuweilen Frau Taube ihren Liebling, das jüngste Töchterchen betrachtete – es glich als Kind den Schwestern und schien ihr Los teilen zu müssen.

In der Stickluft solcher bitteren und verbitternden Armut gedeihen nicht Heiterkeit noch süßes Träumen, und Lea mußte frühzeitig um so schwermütiger werden, als sie die verständigste unter den Schwestern war und keinen Augenblick vergaß, daß auf Erden keine Wunder mehr geschehen. Aber weil sich auch das starke Herz der Mutter auf sie vererbt hatte, so stimmte sie nie in jene neidischen Reden ein, mit denen sich die beiden älteren Schwestern an den Winterabenden bei der Stickarbeit die Zeit verkürzten, noch minder in ihre Klagen. Nur zuweilen blickte sie dann von ihrem Buche auf und schüttelte leise den Kopf, als begreife sie nicht, wie man Unabänderliches beklagen könne; dann vertiefte sie sich wieder in ihre Grammatik oder Geographie, denn sie hatte es durchgesetzt, diese Abende für ihre Ausbildung zu nützen, aber keineswegs aus besonderem Drang nach dem Wissen, sondern weil sie ein nüchternes, naheliegendes Ziel anstrebte: Sie wollte Lehrerin an einer Volksschule werden.

Selten mag ein fünfzehnjähriges Mädchen so wenig Hoffnungen gehegt, sein eigenes Leben so klar vorbestimmt haben wie dieses arme unschöne Kind des Ghetto. Als nun aber in ihrem sechzehnten Jahre jenes Ereignis eintrat, das schier einem Wunder gleichkam, als sie binnen wenigen Monaten zum schönsten Mädchen wurde, da hätte sie kein Weib sein müssen, um nicht durch diese Wandlung in einen süßen Taumel, in einen Strudel dunkler heißer Empfindungen hineingerissen zu werden. Mit einem seltsamen Gefühl, in welchem sich Bangen und Entzücken mischten, empfand sie das Erblühen des eigenen Leibes, und wenn sie auch des Tages auf der Straße oft unter dem Blicke der Begegnenden eine heiße Blutwelle bis an die Stirn emporwallen fühlte, so dockte doch die tiefste Glut, der Purpur heißester Scham erst dann ihre Wangen, wenn sie des späten Abends allein vor dem Spiegel stand, ihr Haar zu lösen. Doch währte dieser Zustand nicht lange; die Sinne, die in ihrem ersten Erwachen mit dunklen Stimmen geflüstert, verstummten wieder, und der Verstand führte seine Sprache; Lea war bald wieder klar und ernst wie früher. Das Bild ihrer Zukunft hatte sich geändert, das war alles; denn sie faßte auch dies neue Bild so scharfen, von keiner Schwärmerei bestochenen Blickes ins Auge wie einst das Los einer Lehrerin: Sie mußte nun eines reichen Mannes Weib werden, des reichsten oder doch jenes, welcher ihre Eltern, ihre Schwestern und sie selbst am besten zu versorgen gewillt war. Aber keine Spur von Bitterkeit bemächtigte sich bei diesem Gedanken ihrer Seele: Es konnte ja gar nicht anders sein, es war in ihren Kreisen und so weit ihr Blick reichte so sehr das Hergebrachte, daß es ihr das Natürliche schien. Wohl hatte sie vernommen, daß bei den Christen die Ehe zuweilen aus Neigung, ja selbst gegen den Willen der Eltern geschlossen werde, auch wußte sie, daß sich einzelne solcher Fälle selbst in gebildeten jüdischen Kreisen zugetragen, aber sie hatte von ihnen nie anders als im Tone heftiger Mißbilligung erzählen hören und verstand die Gründe dieses Tadels; die Gegengründe faßte sie nicht. Die Christen waren ja in allen Stücken verschiedene Menschen, darum auch in der Eheschließung, aber wie konnte ein jüdisch Kind ihnen nachäffen und es anders wollen als die übrigen?! Ihre eigenen Eltern hatten bei der Verlobung einander zum ersten Male gesehen; standen sie nicht deshalb doch ihr Leben lang treu zusammen? Der »Liebe« also bedurfte es nicht, wohl aber der notwendigen Rücksicht auf Stand, Charakter und Vermögen, und das konnten doch die Eltern besser beurteilen als die Kinder.

Wie es Lea selbstverständlich gefunden, daß die Vermittler für die häßlichen Schwestern nur Freier aufgetrieben, die eine bedeutende Mitgift gefordert, so fand sie es in der Ordnung, daß der Vater sie nur einem reichen und opferwilligen Manne dahingeben wollte. Reichtum war Glück, Armut Unglück, sie wußte es nicht anders und nahm es mit demütigem Danke gegen die Vorsehung auf, daß mit ihrer Schönheit die Hoffnung auf das Glück für sich und die Ihrigen wiedergekehrt. Wenn ihr der Spiegel oder die Mienen der Menschen täglich und stündlich das Bewußtsein ihrer Schönheit erneuerten, so überkam sie hiebei ein Gefühl, welches mit übermütigem Stolze oder weiblicher Eitelkeit nichts gemein hatte: Es war eine Art ruhigen Genügens am Besitz ihrer Reize und glich vielleicht am meisten jener Genugtuung, welche sie vor Jahren, da sie noch jenes andere dürftige Lebensziel verfolgte, jedesmal empfunden hatte, wenn sie sich wieder ein Stück Wissen fest eingeprägt. In der Tat bedeutete ihr ja ihre Schönheit nichts Höheres als damals das bißchen Grammatik, sondern nur eben dasselbe: die Waffe, mit der sie sich und den Ihrigen den Anteil an der Glückstafel der Welt erstreiten wollte, und die Genugtuung war vielleicht nur deshalb eine größere, weil nun die Waffe so viel mächtiger war.

Zu dieser Auffassung stimmte denn auch die Art, wie sie die Huldigungen aufnahm, deren Ziel und Opfer sie auf Schritt und Tritt war. Nur in den ersten Monaten war sie über die stumme Bewunderung der einen entzückt, die freche Annäherung anderer empört gewesen, später nahm sie beides so ruhig hin wie Sonnenschein oder Regen: Man schützt sich dagegen, so gut es gehen will, und nimmt es nicht tragisch, wenn doch einige Tropfen aufs Kleid fallen, einige Strahlen ins Gesicht. Geringere Freude mag selten eine Schönheit über die Macht empfunden haben, welche sie auf die Sinne der Männer übte. »Was geht das mich an?« pflegte sie zu erwidern, wenn man sie fragte, wie ihr hiebei zumute werde; viele fanden dies herausfordernd oder geziert, aber schon der Ton, in welchem diese Antwort stets gelassen, ja schwermütig über ihre Lippen glitt, bewies, wie ernst sie es meine.

In der Tat, was ging das sie an? Daß sie schön war, wußte sie ohnehin; die Schönste in Prag, ja vielleicht, wie Frau Taube und sie selbst glaubte, die Schönste auf Erden, und mehr als eine Bestätigung hierfür konnte ihr die Bewunderung nicht bieten. Man erzählte ihr oft, daß sich der und jener in sie verliebt oder »fast vor Liebe nach ihr vergehe«, aber das klang ihr so unverständlich ins Ohr, als wäre »Liebe« kein deutsches Wort. Und wenn dies wirklich eine Krankheit war, von welcher Christen und moderne Juden befallen wurden, und wenn jemand tatsächlich um ihretwillen an dieser Krankheit dahinsiechte, war es ihre Schuld, hatte sie ihre Schönheit sich selbst gegeben, und konnte sie ihm helfen? Warum schickte er nicht, wenn es ihm wirklich ernst war, einen Vermittler zu ihrem Vater? Dann konnte man ja seine Würdigkeit prüfen! Nein, diese fremden Männer, welche ihr auf der Straße ins Gesicht starrten oder bis zum Haustor folgten oder Briefe ins Haus schickten, welche die Mutter las und zerriß, kümmerten sie nicht; jener, der ihr künftiges Schicksal bedeutete, dem sie ein treues Weib sein wollte, wie es die Mutter dem Vater gewesen, war sicher nicht darunter; dieser eine mußte ein ehrbarer, verständiger Mann sein, und der kannte dann den richtigen Weg, der zu ihr führte.

Darum war es ihr bedeutungsvoller als die Huldigung von Hunderten, wenn sich wieder einmal, der alte, kleine, krummbeinige Herr Jolles, der vornehmste Heiratsvermittler der Stadt, im Hause blicken ließ oder wenn Herr Landau nach beendeter Lehrstunde noch eine geheime Konferenz mit dem Vater abhielt. Denn dieser wichtige Mann, dessen Unterricht sie ausnahmsweise mit Rücksicht auf ihre glänzende Zukunft genoß, widmete sich nicht bloß der Aufgabe, die reicheren jüdischen Mädchen Prags in allen ästhetischen Gegenständen zu unterrichten, sondern auch der höheren, ihnen später passende »Partien« zu schaffen. Aber auch diese Besprechungen regten sie nur anfangs auf, später ertrug sie es sogar ohne Herzklopfen, wenn sie wieder einmal des Abends in ihrem besten Kleide mit den Eltern zu Hirsch Herzheimer, ihrem Großonkel, dem Krösus der Familie, gehen mußte. Sie wußte, was dies bedeute: Ein Freier hatte sich zur »Beschau« angemeldet, und Hirsch veranstaltete zu diesem Zwecke eine Abendunterhaltung, weil die Wohnung Wolfs zu ärmlich zum Empfange war. Ältere und jüngere, häßliche und hübsche Männer waren ihr bei solchen Gelegenheiten vorgestellt worden und hatten sich mit ihr, mehr oder minder verlegen, eine halbe Stunde lang über die gleichgültigsten Dinge unterhalten; über geschäftliche Verhältnisse, die sie nicht kannte, das Theater, das sie alljährlich einmal besuchte, oder die schöne Lage von Prag, die sie nicht zu schätzen wußte, weil sie nie eine andere Stadt betreten. Verschieden war natürlich der Eindruck gewesen, den diese Freier auf sie gemacht, aber keiner hatte ihr so sehr gefallen, daß sie ein Gelingen der Werbung lebhaft gewünscht hätte, und keiner so sehr mißfallen, daß sie unglücklich gewesen wäre, wenn ihn der Vater ihr am nächsten Tage als Bräutigam vorgestellt hätte.

Doch es kam nicht dazu, weil Herr Herzheimer seine Ansprüche sehr hoch stellte. Er forderte nicht bloß eine reichliche Rente für sich und die Gattin, sondern auch eine Mitgift für Hannah und Sarah, ferner eine ständige Unterstützung für Rebekka, die verheiratete Tochter. Das aber konnte oder mochte keiner der Freier gewähren, so sehr die Schönheit Leas ihre Sinne entflammte, so trefflich ihr Ruf war und so glänzend das Zeugnis, welches Herr Landau dem Geist und Wissen seiner »Melpomene« ausstellte, nicht bloß in Erwartung des Vermittlerlohnes, sondern aus ehrlichster Überzeugung. Herzheimer ertrug das Scheitern dieser Verhandlungen sehr ruhig; es werde schon der Rechte kommen, meinte er, und auch Lea harrte ohne Ungeduld der Zukunft entgegen; niemals kam ihr der Gedanke, daß sie dahingegeben werden sollte, nicht wenn sich der rechte Mann fände, sondern der rechte Preis.

Frau Taube wußte, welch braves und vernünftiges Kind sie an ihrer Lea habe, und kränkte sie nie durch das geringste Mißtrauen; eher hätte sie an den Einsturz der Himmelsdecke glauben mögen als daran, daß hinter dieser reinen Stirn jemals ein leichtfertiger Vorsatz keimen könne. Wenn sie gleichwohl ängstlich darüber wachte, daß Lea nie ohne zuverlässige Begleitung das Haus verließ, so geschah es nur aus derselben Erwägung welche sie einst, in den Tagen ihres Reichtums, davon abgehalten hatte, im Schmucke ihrer Stirnbinde und ihrer Diamanten allein zur Betschul' oder auf Besuch zu gehen. Nur vor Gewalt wollte sie ihren Schatz hüten, nicht vor Verführung.

Wie wenig sie an die Gefahr der letzteren dachte, bewies ihre Haltung, als ihr Herr Jolles nahelegte, nun um Leas willen ihren Hauptwerb, das Vermieten möblierter Stuben an Studenten, aufzugeben. »Warum?« fragte sie erstaunt und bestürzt. »Sprechen uns die Leute deshalb Böses nach?«

»Gewiß nicht«; beteuerte der Vermittler. »Die ganze Stadt weiß, was Taube Herzheimer ist und wie sie ihre Tochter erzogen hat, aber mit dem Feuer soll man nicht spielen. Es sind junge Leute und sie ein junges Mädchen; wie leicht setzt ihr einer Dummheiten in den Kopf!

»Meiner Lea!« rief die Frau; sie wäre empört gewesen, wenn es ihr nicht so lächerlich vorgekommen wäre. »Meiner Lea!«

Herr Jolles erkannte seinen Mißgriff und entschuldigte sich, so gut er konnte. »Verzeihen Sie«, bat er, »aber man weiß in dieser verrückten Zeit wirklich kaum noch, wo einem der Kopf steht. Täglich kommen neue Moden auf und in den besten Familien, wo man es nie geglaubt hätte. Simon Porges' Malke hat neulich nach der ›Beschau‹ ihrem Vater erklärt, sie nimmt den Saazer Hopfenhändler nicht, weil er geglaubt hat, daß ›Don Carlos‹ von Goethe ist oder von Schiller – was weiß ich, wie soll ich wissen, von wem ›Don Carlos‹ ist? – Und Hirsch Wieners Rosele – Regine nennt man sie – sagt mir neulich: ›Herr Jolles, bei mir bemühen Sie sich vergeblich, ich werde nur nach meinem Herzen, nämlich aus Liebe wählen!‹ Haben Sie schon eine solche Schamlosigkeit gehört?!«

»Gottlob, in meinem Hause kommt das nicht vor«, erklärte die Mutter stolz, indem sie ihn wieder in Gnaden entließ. »Meine Lea weiß nicht, was Liebe ist, und wird es nie erfahren.« Frau Herzheimer irrte. Lea sollte erfahren, was Liebe ist, so deutlich und gewaltig wie wenige Menschen, und auch an ihr sollte sich die Wahrheit erfüllen, daß ungewöhnliche Schönheit fast immer ein ungewöhnliches Schicksal bedeutet und selten ein heiteres.

Sie hatte eben ihr neunzehntes Jahr vollendet, als dies Schicksal in ihr Leben eingriff, allerdings zunächst in einer ihr so gewohnten, ja alltäglichen Art, daß sie ihm keinerlei Bedeutung beimaß. Als sie eines Frühlingstages um die Mittagsstunde in Begleitung ihrer beiden Schwestern von einem Spaziergange vor dem Wiener Tor heimkehrte, begegnete ihr in der Hybernergasse ein junger, blonder, elegant gekleideter Mann, der bei ihrem Anblick erschreckt zurückwich und sie mit großen Augen wie verzaubert anstarrte. Die Schwestern kicherten leise, wie sie dies bei ähnlichen Gelegenheiten nie unterdrücken konnten, Lea verzog keine Miene; es war ja nur eben ein neuer Beweis ihrer Schönheit zu den tausend andern. Auch war sie überzeugt, daß er ihr nun folgen werde, vernahm es aber ebenso gleichmütig, als Hannah, die vorsichtig zurückgespäht, lachend sagte: »Er steht noch immer da, wie versteinert.«

»Wer es wohl sein mag?« fragte die andere.

»Gewiß ein Student!« erwiderte Hannah und fing an, sein feines Gesicht zu preisen, bis ihr Lea verweisend bemerkte: »Was geht er uns an?«

Im nächsten Augenblicke hatte sie die Begegnung vergessen.

Aber selben Tages noch sollte sie daran erinnert: werden. Der junge Mann mußte wohl in der Zwischenzeit ihre Wohnung erkundet haben, denn als sie einige Stunden später zufällig ans Fenster trat und auf die Gasse hinabblickte, stand er in der Tür des gegenüberliegenden Hauses und schaute empor. Auch dies war nichts besonderes; Spaziergänger aus gleichem Anlaß ließen sich so oft in der engen, schmutzigen Gasse blicken, daß die Nachbarn scherzhaft zu sagen pflegten: »Der Große Ring hat die Teynkirche, wir aber haben Taubes Lea.« Doch benahm sich der Student auch nun anders als die meisten; er suchte nicht die Aufmerksamkeit der Schönen auf sich zu lenken, wich vielmehr, kaum daß er sie erblickt, tiefer in den Schatten des Tores zurück. Wie lange er dort blieb, erfuhr Lea nicht; sie blickte nicht wieder hin; es war ihr völlig gleichgültig.

Am nächsten Morgen jedoch wollte es fast scheinen, als ob der stille Bewunderer seinen Posten überhaupt nicht verlassen hätte. Als sie in der roten Frühe – sie pflegte als die erste im Hause zu erwachen – die Fenster des Wohnzimmers öffnete, stand er wieder da und benahm sich genau wie gestern: Er zuckte bei ihrem Anblick zusammen, errötete und wich dann rasch so weit zurück, daß sie ihn nicht mehr sah. Das fiel ihr doch ein wenig auf; sie erzählte es ihren Schwestern und schloß ernsthaft: »Diese Torheit der Christen ist doch eigentlich unermeßlich; der Mensch ist vielleicht die ganze Nacht dagestanden!« Ähnlich und noch härter äußerte sie sich darüber, als ihr Hannah und Sarah im Laufe des Vormittags ab und zu meldeten, er stehe noch immer an seinem Platze wie der heilige Nepomuk auf der großen Brücke.

Als sie gegen die Mittagsstunde mit Sarah das Haus verließ, um ihre verheiratete Schwester zu besuchen, die auf der Kleinseite wohnte, war er nicht mehr zur Stelle, aber auf dem Wege, als sie zufällig zurückblickte, sah sie ihn in großer Entfernung schüchtern folgen. Ihre Lippen kräuselten sich zu einem verächtlichen Lächeln, sie blickte sich nicht wieder um, verbot es auch der Schwester.

Eine Stunde später, als sie auf dem Heimwege die große Brücke passierten, sahen sie ihn schon von ferne unter dem Erzbild des Heiligen stehen, mit dem sie ihn vorhin spöttisch verglichen, und so regungslos wie dieses; er hatte offenbar diese Stelle gewählt, weil sie auf ihrem Wege hier vorbeikommen mußten. Einen Augenblick zauderte Lea, ob sie nicht auf das andere Trottoir der Brücke hinübertreten sollten, dann setzte sie den Weg fort; sie wollte dem Hartnäckigen nicht einmal die Ehre antun, ihm auszuweichen. Mit gleichgültiger Miene schritt sie an ihm vorbei, ohne ihn anzusehen, Sarah jedoch tat es und erzählte dann fast verblüfft: »Lea! Mit dem ist es was Besonderes, der benimmt sich anders als die übrigen! Wie wir herangekommen, steht er da und wird blaß und rot und schaut mich an, mit einem Blick, der gar nicht zu beschreiben ist, mir ist heiß geworden, als er mich gestreift hat! Aber gar nicht frech war dieser Blick, und sein Gesicht so demütig und zaghaft, wie es ein Bettler macht, wenn er um ein Stückchen Brot bittet. Nein, vor dem brauchen wir uns nicht zu fürchten, der fürchtet sich vor uns – das heißt, vor dir!« verbesserte sie sich mit einem leichten Seufzer.

»Zudringlich ist er, wie alle andern«, sagte gelassen das schöne Mädchen, »warum paßt er uns am Wege auf?«

»Aber hast du nicht gesehen, wie es ihn gereut hat?« rief Sarah eifrig. »Am liebsten wäre er davongelaufen, wie wir nahe kamen. Er blieb, aber er preßte sich an das Geländer, als müßte er uns Platz machen, und war totenblaß und zitterte an allen Gliedern, und als du vorbeikamst, schloß er die Augen, als wärest du die Sonne! Gott! Der arme junge Mensch, er sieht so fein und ehrbar aus! Jetzt aber«, fügte sie hinzu, sie hatte just zurückgeblickt, »jetzt geht er uns wieder von ferne nach.«

»Wie es die Art feiner und ehrbarer Menschen ist«, sagte Lea. Selbst die Ironie klang in ihrem Munde ein wenig pathetisch. »Aber was geht das mich an!«

Diesmal glitt diese Redensart doch nicht so gleichmütig wie sonst über ihre Lippen, sie klang fast zornig oder doch gereizt, und dieser Unwille steigerte sich noch, als der blonde schlanke Fremde seine seltsame Huldigung auch für den Rest des Tages nicht aufgab.

Die Schwestern hatten die Gardinen herabgelassen und beobachteten ihn heimlich; Lea lehnte dies ab und tat es erst nach vielem Zureden. Der Student – sie hielten ihn dafür, wenn auch seine Kleidung viel sorgfältiger und eleganter war, als man sie sonst an Studenten sah – mochte in der Mitte der Zwanzig stehen; das ernste, feingeschnittene, etwas magere Antlitz zeigte nicht mehr die Blüte der ersten Jugend. Vielleicht ließ ihn auch mir der Ausdruck seiner Züge älter erscheinen; eine stille träumerische Trauer lag auf ihnen, während er so regungslos dastand, schüchtern in den Torweg gedrückt. Aber just während ihn das Mädchen heimlich musterte, ging eine Veränderung mit ihm vor; er wurde unruhig und errötete, sein Blick irrte einen Augenblick über die verschlossenen Gardinen hin. Dann eilte er hastig, unsicheren Schrittes von dannen. Es war, als hätte er ihren Blick gefühlt, und dies berührte sie um so seltsamer, als sie wußte, daß er sie nicht wirklich gesehen haben konnte. Die Schwestern sprachen viel über dies Benehmen. Lea schwieg, aber sie hörte zu, statt mit ihrem gewohnten Sprüchlein das Gespräch abzuschneiden.

Darüber war es Abend geworden, der lichte Mond glitt am Himmel empor; die Leute des Ghettos traten vor die Haustüren, den Frühlingsabend zu genießen. Auch die Schwestern wollten hinaus und riefen nach Lea, aber diese öffnete zuerst ein Fenster, spähte scharf in den Torweg gegenüber, dann rechts und links in die Gasse, soweit sie zu überblicken war, und folgte ihnen erst dann die Treppe hinab.

»Du hast nach dem Fremden ausgeschaut?« fragte Hannah neckend.

»Ja, ob er fort ist.«

»Warum? Fürchtest du ihn?«

»Unsinn!« murmelte Lea unwillig und wandte sich ab.

Unten ging es lustig zu. Die Abende der schönen Jahreszeit waren damals, im vormärzlichen Österreich, so ziemlich die einzigen Stunden in Leben dieser gehetzten und rastlosen Menschen, in welchen sie nicht an Gebet oder Erwerb denken mußten. Fast alle Bewohner der engen überfüllten Häuser waren auf der Gasse, die älteren Leute saßen auf den Bänken oder Türschwellen in munterem Gespräch beisammen, Schnurren und Neckworte flogen hin und her. An einer Stelle hatte sich ein großer Kreis gebildet, um den Geschichten zu lauschen, welche Wolf Meiseis, ein bekannter Spaßmacher, zum besten gab; nach den Lachsalven zu schließen, welche in kurzen Pausen über die ganze Gasse hinschallten, war Wolf heute besonders guter Laune. Auch die meisten Jünglinge gehörten zu seinen Zuhörern; um die Mädchen, welche zu dreien oder vieren Arm in Arm auf und ab spazierten, kümmerten sie sich nicht; das Hofmachen war damals im Prager Ghetto noch nicht Brauch. Doch schienen sich die jungen Damen auch ohne sie prächtig zu unterhalten; das flüsterte und kicherte ohne Unterlaß.

Nur ein einziger Jüngling hatte in diesem Gäßchen gewissermaßen das Recht, sich den Mädchen angenehm zu machen: ein Student der Medizin, Edgar Tänzerles mit Namen; er genoß dies stolze Vorrecht, weil man dem Studenten ein bißchen neumodischer Galanterie verzieh und ferner seiner besondern Häßlichkeit wegen, die ihn ganz ungefährlich machte. Seit Jahren bewohnte er eine der Stuben, welche Frau Taube vermietete, und hatte einst gleich allen andern Zimmerherren die Zeit durchgemacht, in welcher er sterblich in die schöne Lea verliebt gewesen; da er jedoch dabei sowenig Erfreuliches erlebt wie die andern, so hatte er sein auch früher schon vielgeprüftes Herz zur Ruhe gebracht und erstrebt, aus einem verschmähten Anbeter ein bevorzugter Freund zu werden, was ihm denn auch gelungen war. Sowohl Lea als ihre Schwestern mochten den putzigen, braven, abwechselnd sehr sentimentalen oder überaus lustigen Menschen gerne leiden, und wenn er auch zuweilen mit einem tiefempfundenen Akrostichon oder Sonett angerückt kam, so sahen sie hierüber in Anbetracht seiner sonstigen Vorzüge schonend hinweg.

Auch an diesem Abend hielt er sich zu ihnen, indem er vor jener Reihe, welche sie mit zwei andern Freundinnen bildeten, auf und nieder tänzelte oder als Flügelmann zierlichen Schrittes neben Sarah einherging. Von dem seltsamen Bewunderer hatte er natürlich bereits vernommen, gesehen hatte er ihn noch nicht, malte jedoch eben deshalb, um Lea zu necken, die Schönheit und das Unglück dieses Jünglings mit den glühendsten Farben aus; sicherlich sei er vom Stamm jener Asra, welche sterben, wenn sie lieben. Aber ehe er noch dieses Zitat aus dem kurz vorher erschienenen Gedichte Heines zu Ende gebracht, rief Sarah plötzlich: »Da ist er ja wieder!«

In der Tat kam der Fremde auf sie zu; in der Mitte der Gasse, langsamen Schrittes und ohne aufzuschauen, ging er dahin; ein breiter Hut beschattete das Antlitz, so daß sie ihn im blassen Lichte sicherlich nur an Gestalt und Haltung erkannt. Als er den halblauten Ausruf des Mädchens vernahm, fuhr er empor, und da er sich nun jählings auf kaum zwei Schritte Entfernung vor der stolzen Schönen fand, wich, nein taumelte er zur Seite und griff sich ans Herz, unwillkürlich, wie es ein zu Tode Erschrockener tut. Lea zog die Freundinnen rascher vorwärts und an ihm vorbei, wogegen Tänzerles neugierig stehenblieb.

»Wiesner«, rief er plötzlich, »Sie sind der Asra?! Das hätte ich nie geglaubt!«

Der Blonde starrte ihn an, als erkenne er ihn nicht. Dann rührte er doch flüchtig an die dargebotene Hand. »Wie ... wie kommen Sie her?« murmelte er.

»Wie ich herkomme?« Tänzerles lachte lustig auf und stemmte die Arme unternehmend in die Hüften. »Eine sehr berechtigte Frage! Was habe ich in der Gasse zu suchen, in welcher ich wohne? Aber Sie, Wiesner – Herr Wiesner«, verbesserte er sich unwillkürlich, »der Fleiß und die Sittsamkeit in Person, wer hätte von Ihnen derlei erwartet?

Sogar Ihren eigenen Kursus haben Sie heute geschwänzt. Ei, ei!« Der kleine Mensch hob schelmisch drohend den Finger.

Der andere aber, der ihn um zwei Köpfe überragen mochte, stand noch immer schweigend. Dann atmete er tief auf, nahm langsam den Hut vom Haupte und strich sich das schlichte Haar aus der Stirne. »Kennen Sie –«, begann er und verstummte wieder. »Gute Nacht!« murmelte er dann und eilte hinweg.

Tänzerles schaute ihm verblüfft nach, dann ging er zu den Mädchen zurück. Sie empfingen ihn mit einem Schwall neugieriger Fragen, nur Lea schwieg.

»Meine Damen!« begann er feierlich. »Wenn Sie etwa in den nächsten Tagen hören sollten, daß der neue ›Stern von Prag‹ – ein hellerer, als der hohe Rabbi Löw war, und jedenfalls ein schönerer –, daß diese unsere Freundin Fräulein Lea Herzheimer von der Polizei den Befehl erhalten hat, nur noch maskiert auf der Straße zu erscheinen, so wundern Sie sich nicht darüber und schreien Sie nicht über Gewalt! Es hat alles seine Grenzen; derlei kann ein wohlgeordneter Staat nicht dulden. Dieses letzte Opfer schreit zu Gott! Zauberei, sag' ich, Zauberei! Was hat Rabbi Löw als höchstes Kunststück vollbracht? Er hat einem Lehmklumpen Leben eingehaucht! Lea Herzheimer aber hat diesem Menschen eine Leidenschaft eingeflößt, diesem Menschen, und das ist mehr, so wahr ich Edgar Tänzerles heiße!«

»Kein hoher Schwur!« lachte Sarah. »Vor drei Jahren haben Sie noch Aaron geheißen! Und was für ein Redner Sie sind, wissen wir ohnehin; nun aber kurz: Wie heißt er, und was ist er?!«

»Sie wissen nicht, was Sie da verlangen!« rief das Männchen mit elegischem Pathos und hüpfte von einem Bein aufs andere. »Kurz kann ich sagen, wie er heißt: Richard Wiesner. Aber was er ist?! Der Stolz seiner Kommilitonen, die Freude der Alma mater Carolina, die Zukunft der pathologischen Anatomie. Alle Tugenden schmücken ihn, sogar ein Judenfreund ist er! Der bravste, fleißigste, begabteste Student, dabei ein vollendeter Weltmann. In die feinsten Häuser ist er eingeführt, der beste Tänzer, der gewandteste Gesellschafter ...«

»Sie schwärmen ja!« sagte Hannah. »Sind Sie sein Freund?«

»Wer wäre es nicht?« erwiderte er viel schlichteren Tones, aber um so herzlicher. »Auch bin ich ihm vielen Dank schuldig. Ja, im Ernste gesprochen: daß Wiesner sich als Ihr Asra entpuppen würde, hätte ich nie für möglich gehalten. Der kennt wahrlich Mädchen genug, und es ist ihm keine gefährlich geworden. Auf diese Eroberung dürfen Sie stolz sein, Fräulein Lea!«

Das schöne Mädchen schien nicht dieser Ansicht; es wandte sich achselzuckend ab und suchte dem Gespräch eine andere Wendung zu geben. Als dies nicht gelingen wollte, verabschiedete sie sich kurz und ging heim.

»Du mußt dich geärgert haben, Lea«, sagte Frau Taube, als sie ihr die gute Nacht bot. »Was war es nur?«

»Nichts, Mutter«, erwiderte sie und ging rasch in ihre Kammer.

Das silberne Licht flutete ins kleine Gemach, der Mond stand hoch über den Dächern; sie trat ans Fenster und blickte empor. So stand sie lange, wie lange, wußte sie selbst nicht. Ein Schauer überflog plötzlich ihre Glieder; sie hüllte sich fester in ihr Tuch und schloß das Fenster.

»Die Nachtluft ist ungesund«, sagte sie laut vor sich hin und wiederholte die Worte noch einmal, als müßte sie sich überreden, daß ihr Erschauern daher rühre. Als Hannah später ihre Türe öffnete, schlief sie wohl schon, wenigstens beantwortete sie ihren Gruß nicht.

Was keiner der glänzenden Kavaliere durch geräuschvolle Huldigung erreicht, war diesem Studenten durch seine seltsame Schüchternheit geglückt. Lea dachte an ihn, kaum daß sie erwacht, und als sie, wie jeden Morgen, an die Fenster des Wohnzimmers trat, um sie zu öffnen, spähte sie zuerst durch die Gardinen, ob er auf seinem Posten stehe. Er war wirklich zur Stelle, und obwohl sie dies mit Zorn gewahrte oder doch mit einer Empfindung, welche sie für Zorn hielt, konnte sie sich's doch nicht versagen, das blasse, feine, fast kummervolle Antlitz genauer zu betrachten.

Das verwöhnte Mädchen wußte aus Erfahrung, wie sich andere in solcher Lage benahmen; das Betragen des Studenten hatte keinen Zug damit gemein, nicht einmal ungeduldig war er, sondern stand still und ergeben da, als müßte es so sein, als erfüllte er hiedurch einen fremden Befehl, »wie eine Schildwache«, dachte Lea unwillkürlich. Aber während ihr Blick durch eine kleine Ritze in der Gardine auf ihm ruhte, wiederholte sich dieselbe seltsame Erscheinung, die ihr schon gestern solchen Eindruck gemacht; er mußte ihren Blick instinktiv fühlen, da er sie doch unmöglich gewahren konnte. Die plötzliche Unruhe in den Zügen, das Erröten, der unsichere Blick zu ihr empor, dann die Flucht – es war alles wie gestern, nur daß es sie diesmal, in der Einsamkeit dieser Frühstunde, noch tiefer, ja unheimlich berührte. Ihr Herz begann zu klopfen, und sie trotzte es nur ihrer Beängstigung ab, daß sie dennoch die Gardinen emporzog, das Fenster öffnete.

Die Gasse lag im roten Frühlicht leer und still – der Student war nicht mehr zu sehen, wohl aber öffnete sich ein anderes Fenster nahe dem ihrigen. Edgar Tänzerles streckte seinen Kopf hervor und nickte ihr traurig zu.

»Fräulein Lea«, fragte er fast kummervoll, »haben Sie den armen Menschen gesehen?«

Sie nickte stumm.

»Es ist sonst nicht meine Gewohnheit, Gespenster zu sehen«, fuhr er fort, »aber das scheint mir eine ernste Geschichte. Er hat sich in den zwei Tagen schreckhaft verwandelt, als litte er an einer schweren Krankheit. Ich muß mit ihm sprechen, je schärfer, desto besser. Darf ich ihm diese kuriose Huldigung auch in Ihrem Namen verbieten?«

»Nein!« erwiderte sie ruhig. »Ich habe ihm nichts zu gebieten oder zu verbieten; ich gönne keinem dieser Herren die Genugtuung, mir irgend etwas zu bedeuten, und sei es nur eine Belästigung. Ich werde Ihnen dankbar sein, wenn Sie mich von der Belagerung befreien, aber Sie müssen es schon aus eigener Kraft versuchen. Adieu, Herr Tänzerles.«

Sie hatte schon während der letzten Worte das Haupt zurückgebeugt, weil sie fühlte, wie ihre Wangen plötzlich zu flammen begannen, es war ihr rätselhaft und peinlich, ihr Instinkt trieb sie, dies jähe Erröten zu verhehlen.

»Adieu, Melpomene«, gab er traurig zurück.

Nur die Gewohnheit hatte ihm den Spitznamen auf die Lippen gelegt, nun deutete er ihn unwillkürlich aus: »Auch sie inspiriert Trauerspiele und kümmert sich nicht weiter um die armen Helden!« Aber nachdem so der romantische Edgar aus dem kleinen Menschen gesprochen, meldete sich sofort der vernünftige Aaron zum Worte: »Nein! Sie ist ein braves kluges Kind – wenn sie meine Schwester oder Braut wäre, ich könnt' es nicht anders wünschen! Soll sie sich von einem dieser Christen um Ehre und Schönheit betören lassen?«

So stritten die beiden Seelen in seiner Brust, während er durch das Gäßchen ging und dann in der Nachbarschaft umherspähte, um Wiesner zu finden.

Er empfand aufrichtige Dankbarkeit, ja Verehrung für den ernsten, überlegenen Kollegen. Wiesner war, obwohl noch Student, Prosektor der pathologischen Anatomie, unterrichtete bereits andere und ließ den armen Tänzerles, der sich durch Privatlektionen mühsam ernährte und darüber das eigene Studium versäumt hatte, nicht bloß unentgeltlich an diesen Kursen teilnehmen, sondern widmete sich gerade ihm mit besonderem Eifer. Auch war er wirklich ein »Judenfreund«, sein Gerechtigkeitsgefühl gebot es ihm, sich der Unterdrückten anzunehmen, und auch von Edgar hatte er manche Unbill abgewehrt, die Aaron galt. So empfand das arme gedrückte Männchen, trotz allen Mitgefühls, fast Freude über dies Mißgeschick, welches ihm die Gelegenheit bot, sich durch einen Freundschaftsdienst zu revanchieren. »Je schärfer, desto besser«, murmelte er immer wieder zur eigenen Ermutigung vor sich hin.

Während der gute Tänzerles so die Gassen der Judenstadt durchirrte, um seine Mission an den Mann zu bringen, saß Lea an ihrem Arbeitstisch und arbeitete an einer französischen Aufgabe aus Meidingers Übungsbuche, ruhig und eifrig wie immer. Wenigstens lobte Herr Landau, als er zur Lektion erschien, ihren Fleiß aufs höchste. »Und dies ist doppelt erfreulich«, fügte er mit schlauem Lächeln hinzu, »als Ihnen ja vielleicht die Zeit zur Vollendung Ihrer Studien kurz bemessen ist!«

Die Anspielung war deutlich, in der Tat erbat Landau nach der Stunde wieder einmal eine Unterredung mit Herzheimer. Dieser bestand stets eifersüchtig darauf, daß er zuerst mit den Vermittlern unterhandle und nicht seine Gattin, vielleicht weil er selbst am deutlichsten fühlte, daß diese das eigentliche Haupt der Familie sei, welche ohne sie zugrunde gegangen wäre. Dieses heimliche Schuldbewußtsein äußerte sich auch darin, daß er stets klagte, nach ihm werde in diesem Hause nicht gefragt, obwohl ihm Frau Taube wahrlich keinen Grund zu solchem Vorwurf gab.

Die Konferenz dauerte diesmal ungewöhnlich lange. Nachdem der Lehrer gegangen war, rief Wolf seine Gattin in die Stube. »Landau hat gefragt«, begann er, »ob er mit Ruben Blau anknüpfen soll?«

»Oh!« rief Frau Taube erfreut und faltete die Hände. »Das wäre ein großes Glück!«

»Gewiß! Ein kinderloser Witwer in den besten Jahren, aus guter Familie, und ein Millionär!«

»Ob er wollen wird?« meinte sie zaghaft.

»Landau gibt gute Hoffnung; er weiß aus bester Quelle, daß Ruben fest entschlossen ist, nach Ablauf seines Trauerjahres, im September, wieder zu heiraten. Der Lehrer ist ein verständiger Mann, er wird ihm gelegentlich auf den Zahn fühlen, ohne uns irgendwie bloßzustellen. Wenn es gelänge, dann wären meine kühnsten Hoffnungen übertroffen! Denn was ließe sich gegen Ruben Blau einwenden?! Daß er bisher bekanntlich kein Weiberfeind war? Nun, wer seine Frau – sie ruhe in Frieden! – gekannt hatte, wird ihm dies verzeihen! Unserer Lea wäre er gewiß der zärtlichste, treueste Gatte. Hab' ich nicht recht?«

»Tausendmal recht!« rief sie. »Wenn uns Gott dies Glück schenkt, dann ist ja alles, alles gut!«

Von freudiger Hoffnung verklärt, kehrte sie ins Wohnzimmer zurück, Lea setzte eben das Hütchen auf, um auszugehen.

Die Mutter umarmte das schöne Mädchen. »Mein teures Kind«, sagte sie gerührt, »durch dich will mir Gott vergelten, was ich je auf Erden erlitten!«

Lea küßte die Hand der Mutter und blieb dann gesenkten Hauptes vor ihr stehen. Da diese jedoch schwieg, so tat auch sie keine Frage und verließ mit den Schwestern das Haus.

Tänzerles schien seine Beredsamkeit nicht erfolglos aufgeboten zu haben; der Blonde hatte sich des Vormittags nicht blicken lassen, ebensowenig begegnete sie ihm auf dem Spaziergang; auch später blieb er unsichtbar. Neugierig harrten Hannah und Sarah den Aufschlüssen entgegen, die ihnen ihr kleiner Freund hierüber bringen mußte; doch pflegte Tänzerles des Tages nie heimzukommen, und auch heute erschien er erst, als sich die Schwestern im Mondlicht vor ihrem Hause ergingen.

Lea war überzeugt, daß er nun triumphierend vor sie hintreten und sich seines Erfolges berühmen würde. Aber es kam anders; er begrüßte sie kurz und ging dann schweigend neben Hannah einher.

»Nun?« fragte diese ungeduldig. »Haben Sie mit Ihrem Herrn Wiesner, oder wie der närrische Mensch heißt, gesprochen? Er hat sich heute nicht blicken lassen.«

Der Student nickte. »Sie werden ihn auch in Zukunft nicht mehr sehen«, sagte er, »wenigstens wollen wir dies aus ganzem Herzen wünschen und hoffen!«

»Oh! Wie ernst Sie das sagen!«

»So ernst«, sagte er, »wie man über eine Sache spricht, von der Ruhe und Zukunft eines braven, tüchtigen Menschen abhängt ... Es ist eine sonderbare Geschichte, Fräulein Hannah. ›Zauberei‹, habe ich gestern im Scherze gesagt, heute möchte ich es beinahe im Ernste wiederholen ... Seien wir froh, daß wir nicht mehr im Mittelalter leben, sonst hätte man Ihre schöne Schwester als Hexe verbrannt.

Dies letzte sollte scherzhaft klingen, aber der Ton gelang ihm schlecht, und er brachte die Rede rasch auf andere, gleichgültige Dinge.

Lea hatte kein Wort des Gesprächs verloren. Sie wußte oder glaubte doch, daß es nur eines Wortes von ihr bedürfte, um Tänzerles zum Sprechen zu bringen. Aber sie schwieg. Vielleicht war dies unklug, vielleicht hätte die ausführlichste Erzählung nicht so stark auf ihre Phantasie wirken können wie jene dürftige Andeutung. Sie war noch nachdenklicher als sonst und zog sich bald in ihre Kammer zurück.

Diesmal schloß sie das Mondlicht sofort aus, als fürchte sie es, und zündete die Kerze an. Ihr Blick fiel dabei in den Spiegel – warum sehe ich so erregt aus? dachte sie verwundert, griff dann nach dem ›Télémaque‹ und begann zu lesen. Aber ihre Gedanken weilten nicht bei dem Sohne des göttlichen Dulders und der Insel der Kalypso; sie schloß das Buch, trat vor den Spiegel und besah sich darin, ruhig und aufmerksam, wie man ein fremdes Bild betrachtet. Aber während sie so dastand, stieg ihr das Blut in die Wangen, bis über die Stirne schlug der Purpur empor, und ihr Herz begann ungestüm zu pochen. Scheu blickte sie um sich, als stünde ein Lauscher hinter ihr, und diese bange, ihr selbst rätselhafte Empfindung übermannte sie so stark, daß sie hastig die Kerze löschte und im Dunkel das Lager suchte. Aber lange wollte der Schlaf nicht über ihre Lider kommen.

Das war zu Anfang Mai gewesen; Tag um Tag verging; der Fremde ließ sich nicht wieder blicken. Nur einmal, an einem Sabbatnachmittag, da sie mit Mutter und Schwestern über den Roßmarkt ging, sah sie ihn von ferne auftauchen. Doch war die Begegnung sichtlich eine zufällige und ihm selbst unerwünscht, er bog rasch in eine Seitengasse ein.

Minder zaghaft benahm sich ein anderer Bewunderer, der ihr wenige Schritte weiter begegnete: ein breitschultriger, jüdischer Mann in den Vierzigern, mit einem klugen, behaglichen Gesichte und sehr stattlich gekleidet; er trug an Ringen und Ketten einen kleinen Juwelenladen am Leibe. Seine Augen glänzten auf, als er Lea erblickte; mitten im Wege blieb er stehen, daß sie ihm ausweichen mußte, und starrte ihr dann nach, bis sie hinter dem Roßtor verschwunden war.

»Weißt du, wer das war?« flüsterte ihr die Mutter zu, die neben ihr herging. »Ruben Blau, der Tuchhändler, ein stattlicher Mann!«

»Der war's?« fragte Lea gleichmütig. »Dann könnte er sich ziemlicher benehmen, hat er doch erst vor kurzem seine Frau begraben!«

»Bald ein Jahr ist's her!« versicherte Frau Taube eifrig. »Und was findest du unziemlich? Daß ihn deine Schönheit überraschte?! Daran kannst du gottlob gewöhnt sein! Wenn sich ein Mädchen über derlei beklagt, so deutet es auf Heuchelei oder Hochmut! Beides tut nicht gut, Kind!«

Lea erwiderte nichts mehr. Wohl mochte sie sich noch mit dem Manne beschäftigen, den sie so oft als einen der reichsten und geachtetsten der Stadt hatte nennen hören, aber ihre Gedanken waren ihr nicht von dem ernsten, ruhigen Antlitz abzulesen.

Am nächsten Tage, dem Sonntag, erschien Herr Landau schon vor der gewohnten Stunde. Diesmal mußte er Ungewöhnliches bringen, denn er bat sofort um eine Unterredung mit den Eltern.

»Unsere Sache steht plötzlich aufs beste«, eröffnete er ihnen. »Nach meinem ersten Gespräch mit Ruben hatte ich schon alle Hoffnungen aufgegeben. ›Ich habe das Mädchen rühmen hören‹, sagte er mir damals, ›aber das ist nichts für mich. Ich bin ein Mann in den besten Jahren, reich und kinderlos, ich kann ein schönes Mädchen heiraten, das mir noch Mitgift zubringt. Ruben Blau hat nicht nötig, sich eine Frau zu kaufen!‹ Verzeihen Sie, Frau Taube, das waren seine Worte. Gestern abend jedoch, als ich ihm zufällig begegne, beginnt er von Lea zu schwärmen. ›Ich habe sie gestern am Roßtor gesehen‹, sagt er, ›das ist die Königin unter den Frauen. Sprechen Sie mit Herzheimer!‹ Nur zwei Bedingungen stellt er, und daraus mögen Sie ersehen, welch anständiger Mensch er ist. Erstens: daß zunächst kein Wörtchen von seiner Werbung verlautet. Seine Schwiegermutter ist eine greise kranke Frau, er möchte sie nicht durch eine Verlobung vor Ablauf des Trauerjahrs betrüben. Zweitens erbittet er sich's, daß er vorher selbst mit dem Mädchen sprechen darf, häufiger und unbefangener, als es bei einer ›Beschau‹ möglich ist ...«

»Warum?« fragte Frau Taube befremdet und argwöhnisch.

»Nicht aus Mißtrauen gegen Sie«, begütigte der Lehrer, »eher, weil er sich selbst mißtraut. ›Daß sie brav ist‹, sagte er mir, ›weiß ich; es ist Taube Herzheimers Tochter, über ihre Bildung bin ich ruhig, da sie Ihre Schülerin ist, aber ich will mich überzeugen, ob das Mädchen nicht etwa nur gezwungen oder überredet zustimmt. Dann hätte ich keine ruhige Minute, denn sie ist zu schön, als daß nicht später tausend Versuchungen an sie herantreten sollten.‹ Ich denke, daß Sie beide zustimmen können, besonders, da ich dafür bürge, daß alles in Ehren abgeht. Lea kann am nächsten Sabbatnachmittag mit ihren Schwestern zu meiner Tochter auf Besuch kommen, und Ruben wird auch da sein.«

»Daraus wird nichts!« rief Wolf Herzheimer verletzt.

Auch Frau Taube ließ es an scharfen Reden nicht fehlen. »Das ist der Hochmut des Reichen«, rief sie. »Meine Kinder sind gottlob gut erzogen. Lea wird den Mann nehmen, den wir ihr bestimmen, und ihm ein treues Weib sein, auch wenn sie dann dem Kaiser selbst gefiele, und Ruben könnte dies wissen. Was ist das überhaupt für ein Unsinn?! Auch so eine neumodische Narrheit! Wenn Ruben dies einem anderen Vermittler gesagt hätte, Jolles zum Beispiel, er hätte es ihm ausgeredet! Sie, Herr Landau, finden es am Ende gar in der Ordnung, daß man vor der Verlobung eine ›Bekanntschaft‹ hat, wie bei den Christen! – Aber was sollen arme Leute tun!« schloß sie resigniert … »Lea wird nächsten Sabbat zu Ihnen kommen. Aber nur einmal und nicht wieder!«

Lea erfuhr zunächst nichts von diesem Vorhaben. Erst am nächsten Sabbat, nachdem das dürftige Mahl beendet war, winkte Frau Taube ihre Tochter ins Nebenzimmer und sagte ihr: »Du wirst nun mit Sarah zu Landaus Susi auf Besuch gehen. Es ist eine Art ›Beschau‹. Ruben Blau wird dort sein, er wünscht dich kennenzulernen. Du weißt, welch großes Glück es für uns alle wäre, wenn du ihm auch im Gespräch gefielest. Du hast doch nichts dagegen, Lea?«

Diese verzog keine Miene. »Wie sollt’ ich, Mutter«, erwiderte sie mit ihrer tiefen ruhigen Stimme. »Ich kenn’ ihn ja nicht!«

»Ich meinte nur, weil er kein ganz junger Mann mehr ist. Glaube mir, Kind, davon hängt das Glück nicht ab. Aber das weißt du ohnehin, und daß deine Eltern für dich nur das Beste wählen. Es wäre eigentlich überflüssig gewesen, dir etwas von unseren Plänen zu sagen, und ich habe dich nur deshalb auf die Begegnung vorbereitet, damit du nicht überrascht bist und dich unbefangen beträgst!«

Die Mädchen machten sich auf den Weg; voll Spannung harrten die Eltern ihrer Wiederkehr entgegen. Sie blieben lange aus, und obwohl Frau Taube dies wohl als gutes Zeichen deuten durfte, ward sie doch immer unruhiger, weil ihr dies unerhörte »Bekanntschaftmachen« doppelt unschicklich erschien, je länger es währte.

Endlich kamen sie wieder, Sarah mit freudiger Erregung in den Mienen, auch Lea minder ernst als sonst.

»Nun?« fragte Frau Taube leise. »Hast du ihm gefallen?«

Das Mädchen nickte. »Wenigstens hat mir noch kein Mensch so viele Höflichkeiten gesagt«, erwiderte sie. »Auch ist es leicht, mit ihm zu sprechen, er ist ein kluger Mann und drückt sich gewandt aus. Du siehst«, fügte sie eigentümlichen Tones hinzu, »daß ich dir freiwillig auch eine andere Frage beantworte, die du gar nicht gestellt hast, er hat auch mir recht gut gefallen!«

Frau Taube horchte auf. Die letzten Worte klangen wie ein Vorwurf. Das schien ihr ungerecht, ja lächerlich: Hatte man sie als Mädchen je nach solchen Dingen gefragt?! Aber sie konnte sich in ihrer Herzensfreude zu keinem Tadel entschließen; auch Herzheimer war gerührt und legte die Hände segnend auf das schöne Haupt seines Kindes.

Diese Freude steigerte sich zur Zuversicht, als kurz darauf Landau eintrat.

»Abgemacht!« rief er den Eltern zu. »Im September ist die Verlobung und gleich darauf die Hochzeit. Bis dahin müssen Sie allerdings das Geheimnis bewahren; trösten Sie sich damit, daß dem armen Ruben das Warten schwerer fällt als Ihnen. Natürlich können die Verlobungsakte schon früher aufgesetzt werden, vielleicht kommen wir zu diesem Zwecke am Dienstagnachmittag bei mir zusammen. Er hat da bequem Zeit; es ist Sankt-Nepomuks-Tag, und sein Laden bleibt geschlossen.«

»Gut!« rief Herr Herzheimer fröhlich. »Der Tag paßt mir doppelt. Erinnerst du dich noch, Taube? Es war zufällig am selben Tag vor fünfunddreißig Jahren, da wir verlobt wurden. Ich weiß noch heute, wie mir dabei zumute war und wie ich nur verstohlen nach dir hin schielte, ob du blond oder braun seist. Ruben ist klüger, er hat sich die Seine vorher angesehen!«

Hannah mußte Wein holen; die Familie verbrachte den Abend in heiterster Stimmung. Zum ersten Male seit langen Jahren sahen die Mädchen den gedrückten, verbitterten Vater wieder harmlos und fröhlich. »Nun sind wir auch das Vermieten los!« meinte er. Eines der Zimmer stand gerade frei; Frau Taube hatte daher eine Anzeige an die Haustüre gehängt. »Der Zettel muß noch heute weg!« rief er.

Die Gattin widersprach. »Ich vermiete das Zimmer«, sagte sie. »Soll Ruben Blau sofort sehen, daß wir alles von ihm erwarten?«

»Nach mir wird in diesem Hause nicht gefragt!« klagte Herzheimer darauf wieder einmal, fügte sich jedoch. Das waren aber auch die einzigen ernsten Worte, welche an diesem Abend gesprochen wurden. Auch Lea schien heiter wie selten; zwar stimmte sie in die Scherzreden der anderen nicht ein, aber auf ihrem Antlitz lag ein Ausdruck befriedigten Stolzes.

Am nächsten Tage ging im ganzen Judenviertel die Kunde von der Verlobung von Mund zu Mund. Wer das Geheimnis verlautbart, blieb im Dunkeln; des Lehrers Susi war es gewiß nicht, denn sie hatte es unter bindenden Eiden nur ihren drei besten Freundinnen erzählt.

Jedenfalls nahmen alle Beteiligten, auch Ruben, den Verrat nicht allzu schwer; er versicherte zwar lächelnd, nichts von der Sache zu wissen, erwiderte aber die Händedrücke der Gratulanten sehr herzlich. Hingegen machte nun die Familie der Braut keinen Hehl mehr, viele der Glückwünsche, die sie empfing, waren aufrichtig gemeint, denn Taube Herzheimer hatte nur Freunde in der »Gasse«. Aber der aufrichtigste kam vielleicht von Edgar Tänzerles.

»Fräulein Lea«, sagte der brave Mensch bewegt, »Sie werden eine Gattin sein wie Ihre Mutter. Alles Heil mit Ihnen und Ihrem Verlobten! Ihr Glück hätte mich immer von Herzen erfreut; heute freut es mich doppelt.«

Dies letzte war ihm nur so entfahren. »Verzeihen Sie«, fügte er fast stammelnd hinzu.

»Warum gerade heute?« fragte Hannah.

Der Student vermied die Antwort. »Da muß ich wohl«, fuhr er rasch fort, »auch meine Würde als Ihr Ritter am Nepomukstage schon für dieses Jahr niederlegen?«

»Gewiß nicht«, erwiderte Lea freundlich und bot ihm die Hand. »Die Verlobung ist ja noch nicht offiziell, wir rechnen auf Sie.«

Wer in unseren Zeiten am 16. Mai, dem Tage des heiligen Johannes von Nepomuk, die alte Königsstadt an der Moldau betritt, findet sie erfüllt von wenigen frommen und vielen unfrommen Scharen aus den tschechischen Gegenden des Landes, welche in betäubend lauter Weise den Gedächtnistag dieses schweigsamsten aller Heiligen begehen. Das katholische Fest ist zu einem nationalen geworden, weltliche Lust und weltliche Absicht locken die meisten herbei; die einen benutzen die billigen Züge, um in der Hauptstadt ihren Geschäften oder dem Vergnügen nachzugehen; die anderen holen sich von den Führern die Schlagworte für den traurigen Kampf zwischen Volk und Volk, welcher dies schöne Land zerfleischt; nur einzelne zieht ein Bedürfnis des Gemüts zu den Bildnissen des Märtyrers, welche an diesem Frühlingstage sämtlich mit Blumen, Teppichen und bunten Lämpchen geziert sind. So ist auch hier nur der äußere Rahmen geblieben, die fromme Einfalt von einst gewichen.

Das war noch in jenen Tagen, wo diese Geschichte einer armen Schönheit ihren seltsamen Verlauf genommen, anders, freilich nur insofern, als es in der Tat nur Wallfahrer waren, Bauersleute der Umgebung und aus weiter Ferne, welche an diesem Tag und Abend die Straßen der Stadt füllten, nicht aber, was den Lärm und die Lustigkeit betrifft. In den Klang der kirchlichen Sänge und Gebete mischten sich andere, minder fromme Töne, Schelmenlieder und laute Ausbrüche jener vielen, welche sich von den Anstrengungen des Marsches und der Betrübnis über das traurige Schicksal des Heiligen hinterher in den zahlreichen Schenken bei Met und Landwein erholt hatten. Gleichwohl gab es kaum jemals einen ernsthaften Auftritt, und es war selbst für die Juden ein völlig ungefährliches Vergnügen, sich das bunte Treiben anzusehen.

Darum hatte Frau Taube keine Einwendung, als die drei Mädchen auch in diesem Jahre am Nachmittag unter Tänzerles Schutze zur großen Brücke gingen, wo es vor dem Hauptbilde des Heiligen stets die hübschesten Aufzüge gab. Nur mahnte sie wie alljährlich, mit Einbruch der Dämmerung wieder daheim zu sein, und instruierte dann nochmals ihren Gatten, der seinerseits zur Verhandlung mit Ruben Blau aufbrach.

Es war nicht die Schuld der kleinen Schar, wenn diesmal der mütterliche Befehl unerfüllt blieb. Sie waren ohne viel Mühe an dem Hauptaltar vorbei bis auf die Kleinseite gelangt, hatten auch die Altäre dieses Stadtteils bewundert und bei Rebekka einen Besuch gemacht, aber als sie nun mit sinkender Sonne wieder den Heimweg über die große Brücke antreten wollten, war diese so erfüllt von Wallfahrern und geringen Leuten der Stadt, daß es scheinbar unmöglich war, diese lebende Mauer zu durchbrechen. Sooft sie dies versuchten, wurden sie immer wieder zurückgedrängt, und da es dabei nicht an plumpen Scherzreden gegen die schöne Jüdin fehlte, so waren sie schon entschlossen, den großen Umweg über die kürzlich erbaute Kettenbrücke zu machen, als ihnen ein Zufall zu Hilfe kam. An ihnen vorbei zog nämlich ein großer Trupp slowakischer Wallfahrer auf die Brücke, welcher durch sein durchdringendes Geheul, das man schwerlich als kirchliche Hymne erkennen konnte, und die seltsamen Fähnlein und Heiligenbilder die Aufmerksamkeit und Lachlust der Menge erregte, daß sie ihm ungestüm zur Seite und hinten nachdrängte. So ward der Weg wieder frei, Tänzerles bot Lea den Arm, die beiden Schwestern gingen hinterdrein, und sie gelangten, wenn auch immer mühsamer vordrängend, bis in die Nähe des Nepomukbildes.

Hier aber, wo sich die Slowaken in die Knie geworfen, waren sie bald wieder im dichtesten Gewühle, und als sich nun die Anfechtungen gegen Lea erneuerten, war keine Flucht mehr möglich; die Menge stand dicht gekeilt um sie her, drängte johlend dem Altare zu und wieder zurück und trennte sie endlich voneinander. Mit Aufgebot aller Kraft suchte der Student der Schönen, die ihm zitternd folgte, Bahn zu machen; einige halbtrunkene Burschen drängten das schwache Männchen zurück, schlossen einen Kreis um das todbleiche Mädchen und forderten einen Kuß als Brückenzoll. »Eine Jüdin!« schrien andere, und drängten heran. »Werft sie in die Moldau!« kreischte ein altes Mütterchen, und obwohl dieser Ruf bei den sonst gutmütigen, nur eben berauschten Leuten kein Echo fand, wuchs doch die Gefahr, da die Bursche die Entsetzte mit immer frecheren Reden und Gebärden bedrängten. »Hilfe!« schrie Tänzerles. »Hilfe«, röchelte er noch einmal, da sich eine Faust um seine Gurgel legte; schon drohten ihm die Sinne zu vergehen, da – plötzlich, wie durch ein Wunder des Himmels, war die Hilfe zur Stelle.

»Zurück, Ihr Leute!« rief eine gebieterische Stimme in tschechischer Sprache; ein blonder, schlanker Mann drängte heran, stieß einen der Bursche zurück, daß er zur Erde taumelte, und legte seinen Arm schützend um das Mädchen. »Zurück!« wiederholte er. »Schämt Euch!

Seid Ihr Christen?!« – »Wiesner!« rief Tänzerles jubelnd; wohl ward er im nächsten Moment weitergedrängt und konnte die beiden nicht mehr sehen, doch wich die Verzweiflung von ihm, nun wußte er Lea gerettet.

In der Tat war es Wiesner geglückt, sich und seinem Schützling Bahn zu machen, weniger durch die Kraft seines Arms, als weil dem Pöbel Wort und Gebärde des jungen, feingekleideten Herrn imponierten. Nur einmal noch hatte er einen Angriff abzuwehren; der volltrunkene Bursche, den er vorhin niedergeschlagen, kam ihm wutheulend mit gezücktem Messer nachgestürzt. Ohne von dem Mädchen zu lassen, wandte sich Wiesner gegen ihn und suchte mit dem Stock in der Linken zu parieren. Es gelang ihm nur halb, das Messer verwundete seinen Arm; nun hieb er den Strolch mit voller Kraft auf den Schädel, daß derselbe wieder heulend zurückwich.

Von da ab konnte der Student unangefochten seinen Weg fortsetzen. Wankenden Schritts, mit geschlossenen Augen, fast bewußtlos vor Schreck, hing Lea am Arm ihres Retters, ohne zu wissen, daß er ihr stummer Bewunderer von neulich sei. Erst nachdem er sie auf die Kleinseite zurückgebracht und nun, tief aufatmend, seinen Arm sachte aus dem ihren löste, erkannte sie ihn und war hierüber so aus der Fassung, daß sie wortlos, jäh erbleichend, zurückwich.

Er bemerkte es. »Erschrecken Sie nicht«, sagte er bitter. »Ich bleibe nur so lange bei Ihnen, bis sich Ihre Begleiter wieder zurückfinden!«

»O mein Gott«, stammelte sie verwirrt, »was sprechen Sie? Ihnen danke ich mein Leben!« Sie streckte ihm die Hand entgegen.

Er schien es nicht zu sehen. »So schlimm war es nicht«, sagte er kühl. Er wandte sich ab und prüfte heimlich mit der Rechten die Wunde; sie schien ihm ganz unbedeutend, nur quoll das Blut ziemlich stark hervor. Lea bemerkte es. »Sie bluten ja!« schrie sie entsetzt auf.

»Es ist nichts!« sagte er fast heftig. »Ein unbedeutender Schnitt! – Sie erlauben!« Er trat einige Schritte zurück und verband die Wunde, so gut und rasch es gehen wollte. Dann trat er wieder zu ihr. So standen sie wieder schweigend nebeneinander und sahen nach der Brücke zurück, wo sich die Hunderte johlend um das beleuchtete, geschmückte Bild des Heiligen drängten.

»Ach!« seufzte sie endlich bange, »meine armen Schwestern ...«

»Ich dachte eben daran«, erwiderte er. »Nur scheint es mir noch gefährlicher, Sie allein zu lassen.« Er deutete mit den Augen auf einige

Urlauber, die eben vorbeizogen und ihr frech ins Antlitz starrten. »Ihre Schwestern sind sicherlich auf dem Wege zu uns!« fügte er hinzu. »Es hatte ja vorhin den Anschein, daß nur Ihre – Ihre Erscheinung –«

Sie machte eine Bewegung der Abwehr.

»Verzeihen Sie«, sagte er hart, »ich wollte nur zu Ihrem Trost eine Tatsache aussprechen; es stand mir fern, Ihnen durch Komplimente die Begegnung mit mir noch lästiger zu machen, als sie Ihnen ohnehin ist.«

Seine Erregung gab ihr die Ruhe zurück. »Sie irren«, sagte sie. »Selbst davon abgesehen, daß ich Ihnen nun großen Dank schulde, wäre mir auch sonst die Begegnung mit Ihnen –«

»Nicht lästig gewesen?« ergänzte er leidenschaftlich. »Erinnern Sie sich, was Sie meinem Kollegen gesagt haben; nur die Furcht, mir hiedurch unverdiente Ehre zu erweisen, halte Sie ab, mir verbieten zu lassen, daß ich – daß ich Sie zuweilen von ferne sehe!«

»Und können Sie mir dies übelnehmen?« fragte sie. »Unser Freund wird Ihnen von meiner Familie und mir und – und der Aufmerksamkeit, die ich wider meinen Willen auf mich ziehe, erzählt haben ... Aber ich will«, fügte sie tief errötend, jedoch mit fester Stimme hinzu, »dem Manne, der sich eben so ritterlich für ein Mädchen eingesetzt, von dem er sich schwer gekränkt glaubte, noch mehr sagen: Es hat mich nicht so sehr um meinetwillen als um Ihretwillen gefreut, daß Sie sich nicht mehr blicken ließen. Sie sollen ein tüchtiger Student sein, Herr Wiesner, ein braver Mensch. Es wäre mir peinlich gewesen, wenn Sie sich noch ferner vergeblichen Träumen hingegeben hätten.«

»Vergeblich?« fragte er tonlos. »Warum vergeblich?«

Sie blickte ihn erstaunt an. »Warum ...? Ich bin ja eine *Jüdin*!«

»Oh!« rief er, wie fassungslos vor Entzücken, und suchte ihre Hand zu fassen. »Wenn dies das einzige Hindernis ist, um Sie zu werben ...«

Sie entzog ihm die Hand und wich zurück. Vielleicht mehr als die jähe Wendung, welche das Gespräch genommen, bestürzte es sie und verwirrte all ihre Gedanken, daß für diesen Christen die ungeheure Kluft des Glaubens, welche sie nach ihrer Anschauung ohnehin für immer von ihm schied, gar nicht zu bestehen schien. »Was sprechen Sie da!« rief sie verwirrt, und nur so, wie man eines Nebenumstandes erwähnt, fügte sie hinzu: »Auch bin ich verlobt!«

»Verlobt?« schrie er auf. »Verlobt?« wiederholte er wild. »Sie lügen! Oder doch? Hätte sich so rasch der ...«

Er verstummte und preßte die Lippen aufeinander. Vielleicht entschied es über das Schicksal dieser beiden Menschen, daß er die Besonnenheit zurückgewonnen, den Satz nicht zu vollenden: »... der Käufer gefunden!« hatte er sagen wollen.

»Und lieben Sie den Mann?« fuhr er fort. »Um Gottes Erbarmung willen, sagen Sie mir nur dies eine noch: Lieben Sie Ihren Verlobten?«

»Eine seltsame Frage!« erwiderte sie, nun wieder in voller Ruhe, fast lächelnd. »Ich könnte Ihnen sagen: darnach frägt man ein Mädchen nicht, welches man zum ersten und voraussichtlich zum letzten Mal im Leben spricht, oder darf sich dann mindestens nicht wundern, wenn man keine Antwort erhält. Ich aber, Herr Wiesner, will Ihnen antworten, soweit ich *kann*. Denn ich weiß nicht genau, was Sie unter ›Liebe‹ verstehen, aber soviel ich davon weiß, ist es gottlob« – sie betonte das Wort scharf und wiederholte nachdrucksvoll – »ja, gottlob, Herr Wiesner, eine andere Empfindung, als ich sie für meinen künftigen Gatten habe. Er ist ein braver, angesehener Mann, der mich um meinetwillen nimmt und mich und die Meinen versorgt, und darum werd' ich ihm all meine Tage ein vom Herzen ergebenes, treues Weib sein!«

Er starrte in ihr schönes, unbewegtes, hell vom Mondlicht umflossenes Antlitz. »Ein treues – Weib – sein!« sprach er ihr langsam und tonlos nach, wie eine Maschine. »Und doch!« rief er dann wieder leidenschaftlich, »hören und merken Sie es wohl –«

Aber er kam nicht mehr dazu, den Satz zu beenden. »Lea!« klang es jubelnd. Sarah und Hannah eilten auf sie zu. Bald darauf fand sich auch Tänzerles ein; atemlos kam er heran, sein Rock war zerrissen, der Filzhut zerknüllt. »Die Halunken!« knirschte er und ballte die Faust gegen die Brücke. Dann dankte er Wiesner in überschwenglichen Worten für die »Heldentat«. Aber der Student wehrte kurz ab und wurde vollends fast unhöflich, als Lea an seine Verwundung erinnerte.

»Es ist nichts!« sagte er. »Bitte, kein Wort mehr davon! Die Hauptsache ist, wie Sie nun heimkommen. Das kürzeste und sicherste ist es, wenn Sie an der Schwimmschule ein Boot nehmen und nach der Altstadt hinüberfahren.«

Tänzerles stimmte bei, sie machten sich auf den Weg. Nach wenigen Minuten waren sie am Landungsplatz der Boote. Die Mädchen stiegen ein, Tänzerles folgte ihnen.

»Fahren Sie nicht mit?« fragte er erstaunt, als Wiesner am Ufer stehenblieb. »Es ist ja auch Ihr Weg, und wie unbedeutend auch der Schnitt sein mag, warum mit dem Verband zögern?«

Der Student stand unschlüssig. – »Wir haben Platz genug«, sagte Hannah eifrig, »nicht wahr, Lea?«

»Gewiß!« erwiderte diese. »Und selbst wenn Tänzerles zurückbleiben müßte, Sie sollen rasch heim!«

»Ich muß danken«, sagte Wiesner dennoch. Es schien ihm unmöglich, nun ein gleichgültiges Gespräch mit ihr zu führen. »Mit der Wunde eilt es nicht. Gute Nacht!«

Er lüftete den Hut und ging. Gruß und Dank schollen ihm nach; er blickte nicht zurück. Erst im Schatten der nächsten Bäume, da er vom Flusse aus nicht mehr gewahrt werden konnte, blieb er stehen und schaute dem dahingleitenden Boote nach. Das Mondlicht lag nur matt auf dem Flusse; sein scharfes Auge konnte dennoch die geliebte Gestalt unterscheiden. Auf seinem Antlitz stieg ein Zug leidenschaftlicher Entschlossenheit auf. »Und du wirst doch mein!« murmelte er. »Mein – und keines anderen …!«

Als die Mädchen in ihr Gäßchen einbogen, kamen ihnen die Eltern entgegen; von Sorge getrieben, waren sie aufgebrochen, die Vermißten im Gewühle zu suchen. Weinend umfing Taube ihren Liebling. »Keine Freude bleibt dem Menschen unverbittert!« rief sie. »Gerade heute hab' ich mich so um dich ängstigen müssen, heute!«

Mit hastigen Worten teilte sie der Tochter mit, wie nobel sich Ruben Blau bei der Verhandlung mit dem Vater erwiesen; er habe, ohne zu feilschen, alle Bedingungen angenommen. Sarah und Hannah vernahmen es jubelnd; handelte es sich doch dabei vornehmlich um ihre Mitgift.

Trotz dieser gehobenen Stimmung machte nun die Kunde von der überstandenen Gefahr Leas den tiefsten Eindruck. Hannah, die den edelmütigen Retter nicht genug rühmen konnte, meinte, daß ihm der Vater jedenfalls morgen einen Dankbesuch machen, sich nach seinem Befinden erkundigen und ihn einladen müsse. Dies letztere wurde zu ihrem Schmerze abgelehnt – es überraschte und empörte sie, daß es gerade Tänzerles war, der am heftigsten dagegensprach – den Besuch versprach Herzheimer zu machen.

Lea hatte sich an der Unterredung nicht beteiligt; erst nachdem der Beschluß feststand, sagte sie zu Tänzerles: »Sie sind ein treuer Freund!« Hannah hielt dies für Ironie; der kleine Mann aber nickte Lea traurig und verständnisvoll zu. Gleich darauf zog sich diese in ihre Kammer zurück; sie sei so müde, klagte sie.

Bleich und überwacht erschien sie am nächsten Morgen am Frühstückstische, gegen ihre Gewohnheit als die letzte. Neben ihrer Tasse lag ein Etui; als sie es öffnete, blitzte ihr ein herrlicher Diamantenschmuck entgegen.

»Den Dank wird sich der Spender heute abend persönlich holen«, bemerkte die Mutter lächelnd. »Ein förmliches Verlobungsfest können wir ja seiner Schwiegermutter wegen nicht feiern, aber auf die Freude, dich als seine Braut zu begrüßen, will Ruben doch nicht länger warten.«

Lea mußte den Schmuck sofort anlegen und vor den Spiegel treten. Bewundernd standen Mutter und Schwestern umher und priesen den Glanz der Steine und die Großmut des Spenders. Nur Lea sagte kühl: »Die Diamanten sind sehr schön und sicherlich ein kleines Vermögen wert!«

»Tausende!« rief Frau Taube eifrig. »Du machst ja ein Gesicht, als ob du solche Steine von Kindheit auf gewohnt wärest!«

»Nun, ich werde sie von jetzt ab gewohnt werden!« erwiderte sie lächelnd. Und nur so, wie um der Mutter eine Freude zu machen, fuhr sie fort: »Ich werde Ruben sofort meinen Dank schreiben, herzlich und aufrichtig, wie ich es meine.«

Dann aber, nach einer Pause, wandte sie sich an Wolf. »Vater«, bat sie, »vergiß nicht, den Studenten zu besuchen. Er soll uns nicht für undankbar halten! Aber bitte – lade ihn gewiß nicht ein – wozu auch?«

Der Vater versprach den Besuch und machte ihn auch im Laufe des Vormittags. Ganz entzückt erzählte er beim Mittagessen: »Kinder, das ist ein prächtiger Junge, der weiß noch dem Alter die Ehre zu geben. Er war zuerst so gerührt über meinen Besuch, daß er kaum sprechen konnte, dann dankte er mir dafür, als wäre ich gestern für ihn verwundet worden und nicht er für mein Kind! Er trägt einen Verband um den Arm; ich erkundigte mich besorgt darnach; ›es ist nichts!‹ sagte er und versuchte sogar zu leugnen, daß dies ein Denkzettel von gestern abend sei. Ist das nicht rührend?! Und wie ordentlich er ist! In seiner Stube in der Netasalkagasse sieht es aus wie bei einem Professor; Tänzerles hätte ihn gar nicht zu rühmen brauchen; man sieht es schon an diesen Büchern, Knochen und Instrumenten, wie rastlos er studiert! Auch wird er ja schon im Juli Doktor, und eine Anstellung an der Anatomie ist ihm gewiß; er hat die besten Aussichten, Dozent und dann Professor zu werden. Zwar wird es anfangs mit dem Gehalt schlecht aussehen, aber er kann es überdauern; er hat ein kleines Vermögen von seinem Vater, der gleichfalls Arzt war, in einer tschechischen Gegend. Aber er ist ein Deutscher ...«

»Mein Gott!« rief Frau Taube erstaunt. »Woher weißt du dies alles?« – »Weil er mir es erzählt hat«, sagte Wolf triumphierend.

»Glaubst du, daß er stolz ist? Ganz ehrerbietig und zutunlich hat er mit mir gesprochen, als wäre ich sein Onkel, und ich habe ihm auch verschiedenes aus meinem Leben erzählt. Das wundert euch? Natürlich, weil ihr glaubt, daß ich mich mit einem gelehrten christlichen Herrn nicht unterhalten kann! Die größte Überraschung habe ich mir aber für den Schluß aufgespart. Hier ist der Zettel, der an unserer Haustüre gehangen hat!« Er zog das Papier hervor und schob es seiner Gattin zu. »Ich habe ihm das Zimmer vermietet!«

»Warum hast du das getan?« rief Frau Taube verweisend. »Gestern bitten wir dich, ihn nicht einmal einzuladen, und heute ziehst du ihn gar in dein Haus.«

»Weil das zwei verschiedene Dinge sind«, verteidigte er sich eifrig. »Das Einladen hätte keinen Sinn gehabt; gebe ich Gesellschaften wie Portheim oder Dormitzer, zu denen ich junge Christen als Tänzer brauche? Vermieten aber ist ein Geschäft, und ich vermiete lieber einem ordentlichen Menschen als einem Lumpen. Die Rede kam darauf; ich weiß nicht, ob er oder ich zuerst den Gedanken hatte, so hat es sich von selbst gemacht. Übermorgen zieht er ein. Mir wird es ein Vergnügen sein, manchmal mit ihm zu plaudern, aber natürlich! – nach mir wird in diesem Hause nicht gefragt!«

»Aber weißt du denn nicht«, fragte die Mutter, »wie er vor vierzehn Tagen nicht von unserer Haustüre gewichen ist?« Sie blickte nach Lea hinüber. »Kind!« rief sie erschreckt. »Wie blaß du bist! Was ist dir?«

»Nichts, Mutter«, erwiderte das Mädchen. »Es fröstelt mich heute ein wenig, ich habe schlecht geschlafen, auch ärgert es mich, ich sage es offen, daß der Vater gegen unsere Bitte –«

»Aber wie kann dich das ärgern!« rief Herzheimer. »War er je unziemlich gegen dich? Du hast ihm vor einigen Wochen gefallen, er hat dich zu sehen gesucht, ist das so unerhört? Wenn wir unsere Zimmer nur an solche Leute vermieten dürften, die dich häßlich finden, so stünden sie immer leer. Jetzt denkt er nicht mehr an dich, das kann ich dir versichern. Er hat mir ausdrücklich gesagt: ›Mich treibt nicht bloß der Ehrgeiz, bald selbständig dazustehen; es hängt das Glück meines Lebens davon ab!‹ Es scheint, er hat eine Braut ... Übrigens begreife ich gar nicht«, fuhr er mit steigender Gereiztheit fort, »was dir daran liegen kann, ob er hier wohnt oder nicht! Hassen kannst du doch den Menschen nicht, der für dich seine gesunden Glieder gewagt hat?«

Lea atmete tief auf. »Und dennoch bitte ich dich, ihm sofort abzuschreiben«, sagte sie ernst und laut, »du kannst ja sagen, daß die Mutter in deiner Abwesenheit –«

»Ich tue es nicht!« rief er und warf sein Besteck hin, daß es klirrte. »Ich bin daran gewöhnt, daß man in diesem Hause nicht nach mir fragt, aber von meinen Kindern lasse ich mir doch nichts befehlen! Wiesner zieht übermorgen ein, Punktum!«

Nun wagte niemand mehr zu entgegnen; das unbehagliche Schweigen dauerte bis zu Ende der Mahlzeit. Erst nachdem der Vater sich zu seinem Mittagsschläfchen zurückgezogen, begann Frau Taube: »Eigentlich begreife ich auch nicht, Kind, wie dich diese Kleinigkeit so aufregen konnte!«

»Weil Melpomene alles tragisch nimmt«, bemerkte Hannah spitz, »selbst das Gleichgültigste!«

»Du hast recht, Mutter«, sagte Lea ganz seltsamen Tones. »Die Tochter soll nicht klüger sein wollen als die Eltern.« Dann griff sie nach einem Buche.

Frau Taube traf ihre Vorbereitungen für den Abend. Außer Rebekka und ihrem Gatten war nur noch Tänzerles geladen, hauptsächlich deshalb, weil ihn die Mutter nun, da Sarah auch eine Mitgift erhielt, für diese zu gewinnen hoffte.

Er war auch der erste Gast, der sich einfand. Als ihm Lea in ihrem Feierkleide, mit den Diamanten geschmückt, entgegentrat, seufzte er unwillkürlich auf. »Fräulein Lea«, murmelte er, »wie sind Sie schön!«

»Lassen Sie das!« sagte sie hastig. »Kommen Sie!« Sie zog den Erstaunten in eine Fensternische. »Kennen Sie die Unterredungen, welche Wiesner gestern mit mir, heute mit meinem Vater hatte?«

»Er hat mir nichts erzählt«, erwiderte er, »obwohl ich heute zwei Male bei ihm war; die Wunde ist nicht so unbedeutend, wie er uns hat glauben machen wollen, aber doch immerhin keineswegs bedenklich. Was sagte er Ihnen – doch keine –«

»Hören Sie!« Hastig teilte sie ihm das Wichtigste mit. »Sie werden begreifen«, fuhr sie fort, »daß ich, die Verlobte eines anderen, einen Mann, der solche Worte zu mir gesprochen, nicht gern als Hausgenossen sehe. Ich will zu seiner Ehre annehmen, daß er nur in der ersten Verwirrung zugestimmt. Wollte er aber darauf beharren, so könnte ich ihn nicht mehr achten. Sagen Sie ihm das in meinem Namen ...«

»Das ist hart!«

»Aber gerecht!«

Er zuckte die Achseln. »Vielleicht! Aber klug? Ist es klug, Fräulein Lea?« wiederholte er nachdrücklich. »Wäre es nicht besser, nun den Dingen ihren Lauf zu lassen? Daß er Ihnen gleichgültig ist, können Sie ihn ja dann fühlen lassen. Sie vergessen, welche Deutung er Ihrer Botschaft geben könnte, ... daß Sie ihn fürchten, daß er Ihnen nicht mehr gleichgültig genug ist, als daß Sie ihn in Ihrer Nähe dulden könnten!«

»Das wäre nicht wahr«, rief sie hastig.

»Ich glaube Ihnen!« sagte er zögernd. »Aber ob er Ihnen glauben wird? Wollen Sie sich die Sache nicht überlegen, Fräulein Lea? Es hieße Öl ins Feuer gießen ...!«

Sie stand unschlüssig da. Da traten Rebekka und ihr Gatte ein. »Später«, flüsterte sie dem Studenten zu und ging ihnen entgegen.

Kurz darauf traten auch Herr Blau und der Lehrer ein. Tief errötend und zaghaft, aber mit einem freundlichen, offenen Blick der blauen Augen trat Lea ihrem Verlobten entgegen; er faßte ihre Hand, zog sie an sich und küßte sie leicht auf die Stirne.

»Wie gut Ihnen der Schmuck steht«, sagte er dann, behaglich schmunzelnd. Das klang prahlerischer, als es wohl gemeint war; die Lippen des Mädchens preßten sich fest aufeinander. Der Lehrer suchte diesen Eindruck zu verwischen, indem er scherzhaft die Ungeduld des Verliebten ausmalte. Es schien keine Übertreibung, der stattliche Mann war sichtlich erregt, wohl suchte er bei der Mahlzeit möglichst unbefangen zu erscheinen und erzählte Anekdoten oder schilderte komische Persönlichkeiten aus seinem Geschäftskreise, wobei er auch stets, weil er nicht anders konnte, seinen Reichtum scharf betonte, aber dabei starrte sein Auge unablässig mit unstetem Glanz auf die schöne Gestalt, und seine Hand zitterte. Mit flammenden Wangen saß Lea da, sie hielt die Augen gesenkt, aber seine Blicke fühlte sie doch und fuhr sich zuweilen mit dem Tüchlein über Hals und Wangen; ihr war's als betaste sie der Blick, und sie müsse die Spur der Berührung wegwischen.

Nach dem Essen, da man im Nebenzimmer den Kaffee einnahm, setzte sie sich in eine dunkle Ecke neben ihre verheiratete Schwester. Hier ward ihr wohler, und da er nun Ernstes erzählte, wie er sich langsam emporgerungen – denn er war armer Leute Kind, und seine rastlose Arbeit hatte ihn bereits wohlhabend gemacht, ehe er seine reiche Frau heimgeführt –, da gefiel er ihr wieder so gut wie bei jener ersten Unterredung, ja noch weit besser, und als ihr Rebekka zuflüsterte: »Wie bist du zu beneiden! Bei dem ist eine Frau gut aufgehoben«, nickte sie ernsthaft; auch sie empfand es so.

Aber ihr Bangen kehrte wieder, als nun, wohl auf einen Wink der Mutter, die Schwestern mit Tänzerles das Zimmer verließen, dann auch der Vater und der Schwager, und sich ihr Verlobter zu ihr setzte. Wie hilfesuchend blickte sie nach der Mutter hinüber, aber diese blieb ruhig am Tische sitzen und besah die Blumen auf ihrer Tasse, als sähe sie die Malerei zum ersten Male.

Ruben faßte ihre Hand, er beugte sich zu ihrem Ohr und flüsterte, schwer atmend, zärtliche Worte, dann küßte er sie aufs Ohr. Es überlief sie glühend heiß, sie zuckte empor und trat ans Fenster; er folgte ihr, sie fühlte seinen Mund auf ihren Lippen; ihr war's, als müßte sie ersticken, das Blut rauschte in ihren Ohren.

»Mutter!« schrie sie auf und stieß ihn von sich.

Frau Taube kam heran; sie eilte sich nicht zu sehr. »Nun, nun, mein Kind« murmelte sie und strich dem todbleichen, zitternden Mädchen das wirre Haar aus der Stirne. Ihm aber sagte sie leise: »Bitte, schonen Sie das Kind!«

Er lachte verlegen. »Soll man seine Braut nicht küssen? Aber das gibt sich schon mit der Zeit. Nun gute Nacht, mein Herz, gute Nacht«

Er strich ihr um das Kinn; sie litt es. Aber sie begleitete ihn nicht ins Nebenzimmer; sie stürzte in ihr Stübchen und riegelte sich darin ein.

Als Tänzerles am nächsten Morgen nach seiner Gewohnheit in aller Frühe ausgehen wollte und an Leas Zimmer vorbeiging, öffnete sich ihre Türe; sie rief ihn leise an. Fast erschreckt gewahrte er, wie bleich sie war; um die Augen lagen tiefe Ringe.

»Ich habe es nochmals überdacht«, sagte sie langsam und legte die Hand an die Stirne, als müßte sie diese kühlen, »ich muß Sie dennoch bitten, mit Wiesner zu sprechen. Die Form überlasse ich Ihren; einer Mißdeutung werden Sie zu begegnen wissen. Wollen Sie?«

»Gewiß!« erwiderte er und faßte die dargebotene Hand. Sie war so eisig, daß es ihn durchschauerte. »Sind Sie krank?« rief er besorgt.

»Nein – nur etwas Kopfweh –« Sie nickte ihm zu und verschwand.

Dieselbe Antwort gab sie der Mutter, dann den Verwandten, welche sich im Laufe des Tages zum Glückwunsch einfanden und verwundert waren, die Braut so bleich und trübe zu finden. Aber auf die Frage, ob ihr ihr Verlobter gefalle, erwiderte sie stets mit größter Bestimmtheit: »Ja! Er ist ein trefflicher Mann!« Doch erkundigten sich nur Mädchen und jüngere Frauen darnach; den älteren Leuten mochte dies gleichgültig scheinen; sie begnügten sich, mit Wolf und Taube die Verlobungsakte zu besprechen.

Nur das Haupt der Familie, Hirsch Herzheimer, der Onkel Wolfs, fand sich nicht ein. Seine Gattin, Frau Miriam, eine kluge, milde Greisin, deren Liebling Lea war, suchte ihn durch Krankheit zu entschuldigen.

»Gestern war er gesund«, sagte Wolf scharf. »Sein Hochmut hält ihn ab, dem Hause des armen Verwandten die gebührende Ehre zu erweisen!«

Die alte Frau blickte ihn fest an. »Er ist unwohl genug, um nicht ohne triftigen Grund auszugehen. Eine öffentliche Verlobung wäre ein triftiger Grund!«

Wolf wollte noch zorniger erwidern, Frau Taube verhinderte es. »Warum kränkst du uns so, Tante Miriam?« fragte sie sanft. »Die Verlobungsakte hat Ruben unterschrieben, darauf kommt es ja an. Ein Fest hat er aus Zartgefühl für seine Schwiegermutter, die alte Esther Frankel, vermieden ...«

»Aus Zartgefühl?!« erwiderte Miriam mit bitterem Lächeln. »Esther würde vielleicht einen anderen Namen dafür wissen ...«

Sie wandte sich zum Gehen, da erst wurde sie gewahr, daß auch Lea der Unterredung beigewohnt. »Mein liebes Kind«, sagte sie verlegen, »du brauchst dich nicht zu kränken, Ruben ist ein kluger, tüchtiger Mann, er wird dich gewiß glücklich machen.«

Aber den Eindruck ihrer Worte konnte sie nicht mehr verwischen. Lea grübelte darüber, und nur die stumme Unterwürfigkeit, an die sie ihren Eltern gegenüber gewohnt war, verhinderte sie, die Mutter um Aufklärung zu befragen.

Dann nahm anderes ihre Gedanken stärker in Anspruch. Gegen Abend, da sie gerade wieder einen Gratulationsbesuch empfing, flüsterte ihr Sarah zu: »Tänzerles war hier, er mochte dich jetzt nicht stören. Er läßt dir sagen, daß er sich alle Mühe gegeben hat, aber es war vergeblich. Was hast du von ihm gewollt?«

Lea erwiderte nichts, sie setzte ihr Gespräch mit den Gästen fort; nur der Schwester fiel es auf, daß ihre Stimme minder fest klang als vorhin. Dann kamen andere Besucher, die bis in die Dämmerung hinein blieben, und als diese endlich gegangen waren, rief Frau Taube: »Nun aber helft mir rasch den Tisch decken, die Zimmer in Ordnung bringen!«

»Kommt Ruben auch heute?« fragte Lea.

»Welche Frage! Ein Bräutigam kommt täglich!«

In der Tat tönte wenige Minuten später die Klingel; es war Herr Blau; die Magd meldete, sie habe ihn ins Wohnzimmer treten lassen. »Empfange ihn!« sagte die Mutter zu Lea.

»Soll ich ... allein?« fragte diese leise mit fast versagender Stimme.

»Unsinn!« rief Frau Taube. »Sofort!«

Lea öffnete die Tür zum Wohnzimmer. Es dunkelte darin, und als sie in der Dämmerung den Mann mit erhobenen Armen auf sie zueilen sah, stand ihr das Herz still. Aber sie bezwang sich, trat ein und zog die Tür hinter sich zu.

Einige Minuten später sagte Sarah leise und errötend: »Mutter, es ist noch kein Licht im Wohnzimmer.«

»Warum hast du das nicht gleich gesagt?« rief Frau Taube, ergriff eine Lampe und trat ein. Sie war überzeugt, Lea weinend in der einen Ecke zu finden und Ruben grollend in der anderen. Aber das Mädchen saß regungslos neben dem Verlobten, der seinen Arm um sie geschlungen hielt.

Auch den Rest des Abends blieb sie an seiner Seite, und als er ging, ließ sie sich ohne Widerstreben von ihm küssen. Frau Taube bemerkte es mit Vergnügen; wie bleich das Mädchen war, gewahrte sie wohl, nahm es jedoch nicht schwer.

Am nächsten Morgen brachte Hannah mit Hilfe der Magd das Zimmer in Ordnung, welches Wiesner beziehen sollte. Sie plünderte, um es nur recht bequem auszustatten, die Stuben der anderen Mieter; der arme Tänzerles mußte seinen einzigen bequemen Sessel opfern. Auch hatte sie um ihr erspartes Geld einen großen Strauß auf dem Markte gekauft; leider war die Mutter so hart, die Blumen wieder aus dem Zimmer zu entfernen. »Er ist ein Zimmerherr wie ein anderer«, sagte sie, »den schuldigen Dank hat ihm schon der Vater durch seinen Besuch abgestattet.«

Das eine setzte aber Hannah doch durch, daß sie es war, die ihn beim Einzug begrüßen durfte. Mit geröteten Wangen kam sie dann zu Lea gestürzt, die sich den Vormittag auf ihrem Zimmer hielt und im »Télémaque« las oder doch auf die Blätter des Büchleins starrte.

»Wie hübsch er ist und wie höflich«, rief sie. »Er hat sich aufs schönste bei mir bedankt, daß das Zimmer so gut möbliert ist, und dann sofort gefragt, wie wir den Schreck von neulich überstanden haben. ›Sehr gut‹, sagte ich, ›aber Sie?‹ Denn er trägt noch immer der Arm in der Binde und sieht so interessant aus. Und wohlhabend muß er sein, Lea, mit so vielem Gepäck ist noch kein Student zu uns gezogen!«

In dieser Tonart plauderte sie noch lange fort, bis Lea, ein Blatt im Buche wendend, sagte: »Es ist gut, Hannah, aber ich muß das nächste Kapitel übersetzen.«

»Natürlich«, erwiderte diese gekränkt, »dich interessiert es nicht, weil du nur immer an deinen Bräutigam denkst. Ich aber bin noch nicht verlobt, und du könntest wohl auch einmal anhören, was mich interessiert.«

Zürnend verließ sie das Zimmer, vielleicht wäre sie anderer Ansicht geworden, wenn sie den Ausdruck gesehen hätte, den Leas Züge nun annahmen. Wie in tiefem Leide zuckten die Lippen, und scheu und gramvoll war der Blick der Augen, als flehten sie um Erbarmen. Dann aber richtete sie sich auf. »Ich habe es mir erleichtern wollen«, murmelte sie, »das ist mir nicht gelungen, aber ob die Pflicht leicht oder schwer sei, ich werde sie erfüllen.«

Bei Tische war von dem neuen Mieter die Rede; Hannah sang sein Lob, Wolf stimmte kräftig ein. »Ich habe ihn schon besucht«, erzählte er, »und ihn eingeladen, jetzt den Kaffee mit uns einzunehmen, damit ihr ihn alle kennenlernt.«

Streitlustig blickte er um sich, ob niemand eine Einwendung erhebe. In der Tat meinte Frau Taube kopfschüttelnd: »Wir haben noch nie einen Zimmerherrn eingeladen.«

»Wußt' ich's doch!« rief er. »In diesem Hause wird ja nicht nach mir gefragt; was kümmert's dich, daß mir der junge Mensch gefällt und ich ihm! Aber diesmal, zur Abwechslung, Taube, soll einmal mein Wille geschehen!«

Als der Kaffee auf dem Tische stand, befahl er der Magd, den Studenten zu holen.

Mit Bangen sah Lea seinem Eintritt entgegen. Sie war fest entschlossen, ihn zu behandeln, wie sie es ihm durch Tänzerles hatte andeuten lassen, entschlossen, ihm zu zeigen, daß sie ihn nicht mehr achte. Jedoch sie fühlte, wie schwer ihr dies fallen würde, wenn er nun schüchtern vor sie hintrete, bleich von der Wunde, die er um ihretwillen erhalten, und mit jenem Blick hilfloser flehender Glut, der sie bei dem Gespräch an der Brücke tiefer gerührt, als sie sich selbst hatte gestehen mögen. Aber er machte es ihr leichter, als sie gehofft. Mit ruhigem Lächeln trat er ein, und seine Toilette war ebenso tadellos wie seine Verbeugung, er küßte Frau Taube die Hand und errötete kaum, da er sich nun zu ihr wandte und ihr zur Verlobung Glück wünschte, er kenne leider den Herrn Bräutigam nicht, hoffe aber, nächstens die Ehre zu haben. Das klang so kühl, so sicher; Lea atmete auf. Und als er darauf der Mutter versicherte, wie glücklich er sich fühle, im Hause einer so ausgezeichneten und allgemein geachteten Frau zu wohnen, dann den Vater in ein Gespräch über die Türken verwickelte und dem umfassenden, wenn auch nicht ganz klaren, politischen Programm des alten Herrn mit einer Aufmerksamkeit lauschte, als wäre es die Offenbarung tiefster Weisheit, da ward der Druck auf dem Herzen des Mädchens mit jedem Worte, das er sprach, mit jeder Frage, durch die er den eitlen Mann zu immer neuen Reden veranlaßte, geringer. ›Nun fehlt noch eins‹, dachte sie, und auch das blieb nicht aus: Wiesner richtete seine Worte, nachdem sich Wolf zum Mittagsschläfchen zurückgezogen, an Mutter und Schwestern und überschüttete auch sie mit Höflichkeiten, so viele ihm einfallen wollten. Gar zu plump machte er es übrigens nicht, im Gegenteil schlau und gewandt genug. Lea blieb keinen Augenblick in Zweifel, daß er sich vorher durch Tänzerles über die Schwächen jeder einzelnen unterrichtet. Es beirrte sie auch nicht, daß zuweilen, wenn es die anderen nicht gewahren konnten, ein glühender Blick zu ihr hinüberflog – auch dies stimmte zu dem Bilde des Menschen, wie es sich ihr nun, überraschend genug, darstellte.

›Gottlob!‹ dachte sie, und als er endlich gegangen war, trat ihr dies Wort unwillkürlich über die Lippen.

»Ich begreife dich nicht«, rief Hannah fast empört. »Er hat dich wahrlich nicht geniert!«

»Du hast mich mißverstanden!« rief Lea lebhafter, als man es sonst an ihr gewohnt war. »Ich habe gegen seinen Besuch nichts einzuwenden, nicht das geringste – im Gegenteil!«

»Das ist wieder zuviel für ein verlobtes Mädchen«, bemerkte Frau Taube. »Seine Besuche haben dich weder zu freuen noch zu betrüben. Übrigens gefällt er auch mir ausnehmend gut!«

Dieser Tadel wäre sicherlich unterblieben, hätte die Mutter geahnt, aus welcher Empfindung heraus Lea jene Werte gesprochen. Und diese Empfindung wuchs, je reiflicher sie sein Betragen überdachte, und in den nächsten Tagen immer mehr, je öfter er kam. Er blieb immer der gleiche, zutunlich und vorsichtig, klug und gewandt, und führte mit einem Aufgebot von Menschenkenntnis und Willensstärke, die in seinen Jahren nicht gewöhnlich sein mochten, seine Rolle durch: die Rolle des alleinstehenden, vereinsamten jungen Menschen, der zum ersten Male in seinem Leben das Glück genoß, einer Familie nähertreten zu dürfen, die ihm wahrhaft sympathisch war, und sich nun dieses Glücks durch rührende Dankbarkeit wert zu erweisen suchte. Nun endlich erlebte Wolf die Genugtuung, einen Mann zu finden, der seinen Wert als politischer Prophet vollauf würdigte, Frau Taube, einen Christen kennenzulernen, der für das Judentum im allgemeinen und das Musterbild einer jüdischen Hausfrau im besonderen schwärmte; Hannah und Sarah waren vollends selig: er bewunderte ihre Handarbeiten, er versorgte sie mit Büchern, er war ihr Ritter wie Tänzerles, aber von wie ganz anderen Qualitäten wie dieser! Jede war fest überzeugt, daß er heimlich für sie schwärme, und vergalt ihm dies durch eine Art freundschaftlichen Mitleids, denn so gut ihnen der junge Mann gefiel, so wußten sie doch, daß an eine Heirat mit dem Christen nie zu denken sei, und hüteten als kluge, gereifte Mädchen ihr Herz. Selbst Ruben Blau unterlag dem Zauber dieses bescheidenen jungen Menschen, über dessen häufige Anwesenheit im Hause er sich anfänglich geärgert: Wer lachte herzlicher über seine Witze, wer wußte, wenn der Geldprotz wieder einmal mit seinen Erfolgen prahlte, überzeugender zu sagen: »Ja, Herr Blau, Sie sind in Ihrer Art ein großer Mann!« – Lea war entrüstet, sooft sie solche Worte hörte, und konnte sich einmal, da er eine ähnliche Äußerung getan, nicht enthalten, Wiesner verachtungsvoll anzublicken, er zuckte zusammen und errötete, das war aber auch der einzige Beweis, daß er das Schämen noch nicht verlernt. Denn daß sie die einzige war, der er nicht mit Schmeicheleien nahte, daß er sich ihr gegenüber mit der stummen Sprache seiner Augen begnügte – dies war ja nicht ein Beweis seines Zartgefühls – im Gegenteil: Die Klugheit gebot es so, und es gehörte mit zu seinem Plan, wie sie denselben auffaßte ...

Was wollte Wiesner?! Es gab nur zwei Menschen, die ernstlich darüber nachdachten; Tänzerles und Lea. Ohne sich je hierüber zu verständigen, waren beide überzeugt: Wiesner hatte eine Maske vorgenommen, und wahrlich nicht zum bloßen Zeitvertreib. Es mußte ein starker Zwang sein, der den eleganten, in den gebildeten Kreisen dieser Stadt gern gelittenen Gesellschafter dazu anhielt, seinen gewohnten Verkehr aufzugeben und sich den Anschauungen und Formen dieses armen ungebildeten Hauses anzubequemen. Aber noch mehr; sparte er sich doch die Zeit für diese nichtigen Gespräche buchstäblich an seinem Schlafe ab; denn gleichzeitig setzte er mit einem Eifer, der den Tänzerles fast unheimlich berührte, seine Studien fort, nur um baldmöglichst den Doktorhut zu erwerben. Nicht wie ein Ehrgeiziger, wie ein Verzweifelter wühlte er sich in seine Wissenschaft hinein; weit über die Mitternacht hinaus saß er bei seinen Büchern, und schon mit dem Morgengrauen war er wieder am Arbeitstisch.

Kein Wunder, daß er von Tag zu Tag bleicher wurde und schließlich schier seinem eigenen Schatten glich. »Sie richten sich zugrunde« pflegte Tänzerles oft genug zu mahnen. »Sechs Stunden Schlaf braucht der Mensch zum mindesten.«

»Sie haben recht«, war die Antwort, »aber ich habe leider nicht die Zeit!« Er, der sogar die Zeit hatte, die Prahlereien des verhaßten Nebenbuhlers anzuhören und mit beifälligen Bemerkungen zu begleiten.

Tänzerles legte sich die Sache einfach genug zurecht. Für ihn lag der Schlüssel zu Wiesners Benehmen in jenem leidenschaftlichen Ausruf, mit dem dieser allen seinen Bemühungen, ihn vom Einzug in die Wohnung abzuhalten, begegnet: »Ich *muß*, und wenn ich darüber zugrunde gehen sollte!« Der arme Mensch, dachte er, weiß, daß er nichts zu hoffen hat, aber seine Leidenschaft ist stärker als sein Wille; er kennt nur *ein* Glück, sie täglich zu sehen, ihre Stimme zu hören, und hat deshalb zuerst den Vater, dann die anderen für sich gewonnen. »Armer Junge«, seufzte er, »du zahlst einen teuren Preis für das, was du dein Glück nennst! Welche Höllenqual magst du empfinden, so oft Ruben seine Arme um das Mädchen schlingt, und doch suchst du diese Qual selbst und bietest alles auf, um sie nur ja täglich durchzukosten. Armer Junge!«

Ganz anders Lea: Ihr war Wiesners Betragen eine leichtfertige Komödie zu schmählichem Zweck. Nein, dieser glatte, gewandte Mensch, der sein keckes Spiel so geschickt eingefädelt und mit so kaltblütiger Sicherheit fortsetzte, schien ihr keines Bangens mehr wert, geschweige denn gefährlich, weil er ihr keine Sympathie mehr wert erschien. Vergeblich hatte sie bis zu seinem Eintritt in ihr Haus versucht, ihrem Herzen Gleichgültigkeit für ihn zu gebieten oder gar jene Mißachtung, welche sie ihm äußerlich erweisen wollte, um sich vor ihm zu wahren; immer wieder war seine Gestalt vor ihr aufgetaucht, wie er an jenem Abend an der Brücke bleich und bebend dagestanden, und in ihrem Ohr hallte der Schmerzensruf »Verlobt!« und jene Frage, die wie eine Beschwörung geklungen: »Um Gottes Erbarmen willen, lieben Sie diesen Mann?« Sie hatte sich damals und dann bei ihrem Auftrag an Tänzerles stärker und härter gemacht, als sie war; wohl schien es ihr Schwäche, daß er sich nun noch so blindlings einer hoffnungslosen Empfindung überließ, aber sie fühlte Mitleid mit ihm und noch mehr: eine Art ehrfürchtigen, geheimnisvollen Schauers vor dieser Empfindung; wie der Odem einer höheren Macht wehte es ihr aus seinen stammelnden Worten, aus seinem Ringen, in ihrer Nähe zu verweilen, entgegen: Es muß doch, dachte sie, etwas Großes sein um das Gefühl, das die Christen »Liebe« nennen.

Nun wußte sie es besser: etwas Kleines und Schmähliches war's. Er hatte zuerst den Vater betört, und dann die Mutter und die Schwestern, weil es der einzige Weg war, allmählich auch sie zu betören. Das war nicht der arme Falter, der ins Licht flog, weil er mußte, auf die Gefahr hin, sich zu verbrennen, sondern ein tückischer, heuchlerischer Verführer. Sie hatte ihm ja selbst gesagt, daß sie ihren Verlobten nicht »liebe«; aus ihren Worten, die ihm Tänzerles ausgerichtet, hatte er geschlossen, daß er ihr vielleicht nicht mehr gleichgültig sei, da hatte er denn hier die Gelegenheit für seine Künste geeignet erachtet. Es fiel ihm nicht ein, um sie zu werben, schmeichelte er doch sogar dem Nebenbuhler! Er wollte ihr nahe sein, um sie fortwährend an sich zu erinnern, um jenes Gefühl, welches sie vielleicht bereits für ihn empfand, immer mehr zu steigern, um sie zu zwingen, den plumpen, alternden Mann, an den sie dahingegeben werden sollte, täglich und stündlich mit ihm zu vergleichen, dem hübschen, jungen, eleganten Menschen. Dieser Vergleich konnte ja, rechnete er, nur zu seinen Gunsten ausfallen, und jeder heimliche Blick, der zu ihr hinüberflog, mußte sie mehr entzünden und dann – kam wohl die Stunde, welche die arme Betörte in seine Arme trieb; die Gelegenheit war ja günstig, er wohnte ja im Hause! – Oh, noch weiter erstreckte sich schon heute diese schmähliche Berechnung: Auch in Rubens Hause wollte er einst als Freund ein und aus gehen und bereitete sich schon jetzt die Wege hiezu! Das war seine »Liebe«! Was kümmert es ihn, ob sie dabei zugrunde ging, er dachte nur an sich; die schöne Jüdin war ihm zur Geliebten gut genug! Und doppelt und dreifach schmählich war sein Plan, weil er ja, wie aus seinen Worten an Herzheimer klar hervorging, eine Braut hatte und gleichzeitig aus allen Kräften rang, sie bald zu gewinnen! ›Gottlob, daß ich dies alles sofort erkannt‹, dachte sie immer wieder, ›gottlob!‹ Daß sich ein brennendes Weh in dies Gefühl der Genugtuung mischte, daß es ihr unsäglich schwerfiel, ihn zu verachten, das fühlte sie wohl, aber, dachte sie, war dies nicht begreiflich? Es mußte ihr ja wehe tun, den Mann, der sich um ihretwillen in Gefahr gestürzt, den sie einige Tage lang mit einem verklärenden Schimmer umwoben, so tief sinken zu sehen! Nein! Er kümmerte sie nicht mehr, und nur eine Mahnung noch bedeutete ihr seine stete Anwesenheit, die Mahnung, ihre Pflicht zu erfüllen.

Ruben Blau war freundlich gegen den Studenten, weil dieser seiner Eitelkeit schmeichelte; daß er noch andere Gründe hatte, ihm dankbar zu sein, ahnte er nicht. Vielleicht war es nicht so sehr das Pflichtgefühl als vielmehr der wilde Trotz der Empörung, das Streben, den Frechen zu züchtigen, welcher Lea in diesen Wochen antrieb, sich ehrlich und mit ernstem Willen ihrem Verlobten anzuschließen. Wenn ihr dies nicht so ganz gelang, wie sie es ersehnte, so war dies freilich nicht ihre Schuld, aber auch nicht die Rubens; auch er hatte sicherlich den besten Willen, seiner schönen Braut zu gefallen, nur ahnte er gar nicht, daß es dazu irgend anderer Huldigungen bedürfe, als er ihr ohnehin schon widmete, oder gar eines Zwanges gegen sein eigenstes Wesen. Er schenkte ihr jede Woche einen neuen Schmuck und überschüttete sie jeden Abend mit zärtlichen Worten und Küssen: War er nicht ohnehin der freigebigste, liebevollste Bräutigam, konnte sie es überhaupt anders wünschen? Er ahnte auch gar nicht, daß sie es anders wünschte; er war fest überzeugt, daß nur ihre mädchenhafte Schüchternheit sie hindere, seine Zärtlichkeiten voll zu erwidern. Sie aber litt unter den Liebkosungen des alternden, nach ihrem Besitz schmachtenden Mannes, daß sie ihm oft hätte zurufen mögen: »Hab Erbarmen, ich ertrage es nicht mehr!« Auch seine Geschenke machten ihr geringe Freude; sie fürchtete das endlose Nachspiel, die Prahlerei mit seinem Reichtum, die plumpen Witze über ihre bisherige Armut. Nein! Zartfühlend war Ruben nicht, und Lea mußte zuweilen des seltsamen Tones denken, in dem ihre Großtante Miriam von seinem Verhältnis zu seiner Schwiegermutter gesprochen; aber ernstliche Unruhe empfand sie hierüber doch nicht; gutmütig war er sicherlich; auch seine Witzeleien waren gewiß nicht böse gemeint, er glaubte nur eben sein gutes Recht zu üben; all die demütigen Dankreden der Familie schienen ihm noch immer nicht genügend, und wie tief seine Worte oft das Herz des Mädchens verwundeten, konnte er, wie er nun einmal war, gar nicht ahnen. Sie erkannte dies und hatte es so leichter, sich vor der Verbitterung gegen ihn zu wahren. Auch in seine Liebkosungen fügte sie sich wie in ein Schicksal; gerade ihre keusche Unerfahrenheit kam ihr dabei zu Hilfe; sie war überzeugt, daß eben jede Braut eine gleiche Pein empfinden müsse wie sie. Nur gegen eines wehrte sie sich noch wie eine Erstickende; wenn sie zuweilen, nachdem er gegangen, fühlte, daß die Flammen im Blute, die er aufgeküßt, die Klarheit ihres Bewußtseins zu verzehren drohten. Aber auch diesen Widerstand gegen sich selbst fühlte sie allmählich schwächer werden.

So waren etwa fünf Wochen vergangen, und wenn auch nicht alles in diesem Brautstande so war, wie es hätte sein sollen, so standen die Dinge doch nicht bedenklicher als in tausend und aber tausend ähnlichen Fällen, die schließlich zu einer ruhigen, leidlich glücklichen Ehe führen. Hier aber sollte es anders kommen. Äußere Ereignisse warfen plötzlich ihr grelles Licht in diese dämmerhaften Stimmungen und Verhältnisse, daß sie jählings hart, scharf und erbarmungslos dastanden, wie ein Kreis drohender Felsen, aus dem es keinen gebahnten Abstieg mehr gibt in die Gefilde der Niederung.

An einem der letzten Junitage hatte Richard Wiesner endlich sein heißerstrebtes Ziel erreicht: er wurde in der Aula der Universität zum Doktor der gesamten Heilkunde promoviert. Es geschah dies in besonders feierlicher Weise, im Beisein der Gebildeten der Stadt und unter Aufgebot seltsamer, altertümlicher Formen; der Kandidat hatte alle Prüfungen mit höchster Auszeichnung abgelegt, was seit einem Jahrzehnt nicht mehr vorgekommen. Die Fahnen wehten, die Tuben schmetterten; Ströme mehr oder minder ciceronianischen Lateins ergossen sich über sein Haupt. Unter jenen Glücklichen welche neben der Elite der Stadt dem seltenen Schauspiel beiwohnen durften und um dieser Auszeichnung willen von allen Bewohnern des Ghetto beneidet wurden, war auch die Familie Herzheimer, Lea ausgenommen. Sie war daheim geblieben, trotz des Zuredens ihrer Eltern und Geschwister, trotz des flehentlichen Blickes, mit dem Wiesner am Vorabend seine Einladung begleitet, oder gerade eben deswegen; sie wollte ihm nicht die Genugtuung gönnen, sich vor ihren Augen im Glanze solcher Ehren zu sonnen, nicht die Genugtuung, zu wähnen, daß dieser Glanz sie blenden könne.

Sie wollte ihn kränken, aber wie voll sich ihre Absicht verwirklichte, ahnte sie nicht: wie er erbleichte, als er beim Eintritt in den Saal ihr Antlitz vergeblich suchte, wie ihm diese Bitternis die beste Freude vergällte. Wolf Herzheimer zürnte seiner Tochter: nun mußte Wiesner doch wohl ernstlich beleidigt sein; um so gerührter war er, als dieser nach Beendigung der Zeremonie – noch im Saale selbst »vor den Augen von ganz Prag«, wie Wolf dann zu Hause freudetrunken erzählte – auf ihn zutrat und ihm sagte, er hoffe, von dem Doktorschmaus noch rechtzeitig genug abzukommen, um den Abend »im Kreise der Familie, die ihm so teuer geworden«, verbringen zu können; auch wolle er Abschied nehmen, er reise morgen früh für eine Woche heim, um seine greise Mutter zu sehen und einige dringende Angelegenheiten zu ordnen.

In der Tat fand er sich des Abends, von Tänzerles begleitet, zur gewohnten Stunde ein, und dieser versicherte, es sei dies ein Opfer, denn Wiesner habe durch sein frühes Scheiden vom Feste seine Kollegen gekränkt. Aber wenn dem wirklich so gewesen, darin war das Opfer um geringen Lohn gebracht. Es war ein unerquicklicher Abend: Lea so schweigsam und abweisend wie kaum je zuvor, auch Frau Taube verstimmt; Ruben war nicht gekommen, obwohl es Freitagabend war, wo ihn doch keine Geschäfte abhalten konnten; er mochte unwohl sein, aber warum ließ er sich dann nicht entschuldigen?

Die Braut zog sich früh zurück; sie unterließ es sogar, sich von Wiesner zu verabschieden; um so eifriger mühte sich Wolf, den liebenswürdigen Mann durch Freundlichkeit zu entschädigen, und als dieser endlich ging, überschüttete er ihn mit Grüßen an seine Mutter, mit Wünschen für seine Zukunft. »Glauben Sie mir«, schloß er, »Sie sind mir teuer geworden wie ein Sohn!« Die Wirkung, welche diese Worte auf Wiesner übten, überraschte und rührte ihn sehr: Der junge Doktor errötete und konnte vor Bewegung kaum sprechen. Da fühlte sich Wolf abermals verpflichtet, ihn hiefür noch besonders zu belohnen, und versprach, ihm morgen früh bis zum Postwagen das Geleite zu geben.

Tänzerles blieb noch bei Wiesner. »Der alte Mann scheint Sie wirklich liebgewonnen zu haben«, bemerkte er. »Aber bauen Sie nicht zuviel darauf!« Er hielt sich verpflichtet, dies zu sagen, um den Freund vor falschen Hoffnungen zu bewahren.

Da dieser keine Antwort gab, brachte er die Rede auf andere Dinge, auf Wiesners Erfolg und wie weit er selbst noch vom Ziele sei.

»Es ist ja nicht Ihre Schuld!« sagte der andere tröstend, und Tänzerles erzählte nun viel von seinen Kämpfen und Entbehrungen. Sein Bruder, ein Handelsmann in Raudnitz, habe ihm die Kompagnie in seinem Geschäft angeboten, er aber sei dennoch dem Studium treu geblieben.

»Ihr Juden seid doch ein seltsames Volk«, sagte Wiesner sinnend. »Sie und Herzheimer sind, jeder in seiner Art, vielleicht die echtesten, die – verzeihen Sie das Wort – jüdischsten Juden, die ich kenne. Und Sie sind ein Idealist reinsten Wassers, er aber –« Er stockte und fuhr dann fast knirschend, in plötzlich aufflammender Erregung fort: »Er treibt mit seinem Kinde Wucher, weil er mit nichts anderem zu handeln versteht. Auch dies ist jüdische Art.«

»Das ist ungerecht«, erwiderte Tänzerles sanft, aber entschieden, »höchst ungerecht, was das ganze Volk, und sicherlich auch, was diesen einzelnen betrifft. Bei keinem anderen Volke ist das Verhältnis zwischen Eltern und Kindern ein zärtlicheres und innigeres. Nicht der Egoismus treibt die Eltern, für ihre Kinder zu entscheiden, sondern weil es der uralte Brauch des Orients so gebietet, welchen der fromme Glaube und der Druck von außen her starr und stark durch die Jahrhunderte erhalten haben. Wir lebten so lange in Knechtschaft, da keimt kein Sinn für Freiheit auf, auch nicht für das freie Recht der Persönlichkeit. Dies gilt ebenso von Wolf und Taube wie von Lea selbst. Wohl beginnt es auch in unserem Volke zu tagen; schon gibt es auch bei uns tragische Konflikte zwischen freier Neigung und starrer Sitte – aber ein solcher Konflikt liegt hier nicht vor. Die beiden Eltern haben Ruben gewiß zunächst um seines Geldes willen gewählt, aber keineswegs aus bloßem Egoismus, sondern weil auch ihnen der reichste Mann der beste erscheint. Und ganz ebenso denkt Lea. Warum auch nicht? Sie liebt ja keinen anderen, und Ruben wird sie und die Ihren versorgen! Auch sie steht, gleich den Eltern, im Banne der Anschauungen ihres Volkes: Die Eltern leben für ihre Kinder, aber ganz ebenso die Kinder für ihre Eltern. Und ferner: Die Ehe ist das heiligste Geschäft auf Erden, ein Geschäft, dessen Bedingungen man bis zum letzten Atemzuge erfüllen muß, aber ehe es geschlossen wird, erwägt jede Partei vernünftig ihren Vorteil. Ich will nicht der Lobredner dieser Auffassung sein, erklären will ich sie. Auch möchte ich fragen: Kommen nicht auch unter Christen Vernunftehen vor?«

»Aber seltener!« rief Wiesner. »Die Regel sind sie nicht! Auch sucht man sie dann zu maskieren, weil man sich ihrer schämt! Und einen so krassen Fall wie diesen würde jeder verdammen!«

»Seltener?« fragte Tänzerles. »In den höheren und tieferen Schichten gewiß nicht, nur in eurem gebildeten Mittelstande, weil hier das Gefühl für Menschenwürde das stärkste ist. Bei uns ist es noch schwach, in einem Menschenalter schon wird dies anders sein … Die Maske aber wird von euch aus Rücksicht für dieses Gefühl angelegt und ferner, weil jene Vorbedingungen fehlen, welche bei uns die Sache entschuldbar machen: die blinde Pietät der Kinder, die starre Autorität der Eltern, die patriarchalische Auffassung der Familie. Ich wiederhole, ich lobe diese Auffassung nicht, sie bringt viel Schlimmes. Aber wieder frage ich: Gibt es trotzdem unter den Juden nicht ebenso viele glückliche Ehen als unter den Christen? Schließlich aber: Ist es nicht etwas subjektiv, wenn Sie gerade diesen Fall besonders kraß finden?«

»Entsetzlich ist er! – Und fühlen Sie dies nicht auch?«

»Vielleicht bin auch ich da nicht ganz objektiv!« bemerkte das Männchen errötend … »Ruben ist Leas nicht würdig, aber empfindet sie es wie wir? Und wenn auch, können wir ihr helfen?«

»Vielleicht doch!« rief Wiesner. »Die öffentliche Verlobung soll erst im September stattfinden?«

»Ja – aber –«

»Gute Nacht!« schnitt ihm der junge Doktor kurz, aber freundlich das Wort ab. »Auf Wiedersehen in spätestens einer Woche.«

Zur selben Stunde sprach Lea zum ersten und einzigen Male mit ihrer Mutter über ihn. Frau Taube machte ihr Vorwürfe, daß sie ihm nicht einmal zum Abschied ein Wort gegönnt. »Vergiß nicht«, mahnte sie, »was er einst für dich getan! Hassest du ihn denn?«

»Mehr, ich verachte ihn«, sagte Lea.

»Was hat er denn getan?« rief Taube. »Ist er dir lästig geworden?«

»Nein, aber ich kenne seine Gesinnungen, und das genügt mir … Du kannst im übrigen ruhig sein, Mutter, er kann dein Mieter bleiben, mich stört er weiter nicht!«

Wolf hielt am nächsten Morgen sein Versprechen, er gab Wiesner das Geleite zur Post, obwohl Frau Taube meinte, daß es schicklicher wäre, sich nach dem Schwiegersohn zu erkundigen oder doch, da es Sabbat sei, lieber in die Betschul' zu gehen. Aber Wolf meinte heftig, er wisse besser, was sich schicke, und so mußte Frau Taube ihren Weg allein antreten.

Es währte jedoch kaum eine Stunde, und der Gottesdienst war sicherlich noch nicht zu Ende, als sie in höchster Erregung wieder heimgeeilt kam. »Wolf!« schrie sie schon im Vorzimmer. »Wo bist du? Wolf!«

Erstaunt eilte Hannah herbei. »Du weißt ja«, sagte sie, »daß der Vater mit Wiesner zum Postwagen gegangen ist!«

»Natürlich!« rief die Frau, fast weinend vor Zorn und Angst. »Wichtigeres hat er nicht zu tun! Als Ruben gestern plötzlich ausgeblieben ist, hab' ich mich allein abquälen müssen, während er nur immer über die Türken gesprochen hat, als ob die Welt gar nicht wüßte, wie sie weitergehen soll, wenn er es nicht vorher mit Wiesner haarklein ausgemacht. Und heute früh! ›Sieh nach Ruben!‹ bitt' ich, und er: ›Ich muß zur Post!‹ Der Fremde geht allem vor, auch der eigenen Familie …! Und so« – sie rang verzweifelt die Hände –, »so hab' ich es von fremden Leuten hören müssen, von fremden Leuten!«

»Um Gott! Was gibt es denn?« rief das Mädchen erschreckt. »Ist Ruben so krank?«

»Krank? Ein Schurke ist er!« Aber das Wort reute sie, kaum daß es ihr entfahren. »Ist Lea zu Hause?« fragte sie leise.

Als Hannah erwiderte, sie sei mit Sarah ausgegangen, atmete sie; erleichtert auf. »Sage auch du ihr nichts!« bat sie.

»Hoffentlich ist es nur ein Gerücht, eine Bosheit neidischer Menschen …! Später!« schnitt sie dann hastig die ängstlichen Fragen des Mädchens ab. »O wenn nur Wolf bald käme, ehe Lea heimkehrt; sie ahnt es sonst vielleicht doch …«

Aber zur selben Stunde hatte Lea bereits die Kunde erhalten, welche die Mutter ihr verhehlen wollte, und in erschütterndster Weise. Sie war bei ihrer verheirateten Schwester gewesen und hatte eben mit Sarah auf dem Heimweg die »goldene Gasse« passiert, als ihr aus einem der Häuser eine hagere, hochgewachsene Greisin mit düsteren Zügen nachgeeilt kam und kurz sagte: »Komm, eine Sterbende verlangt nach dir.«

Lea erschrak heftig; wie jedes Kind des Ghetto kannte und fürchtete sie diese Frau. Es war Gittel Beer, die »letzte Freundin«, wie sie sich selbst nannte und von anderen genannt wurde, eine Greisin, die ihre Kinder und Enkel hatte dahinsterben sehen und sich nun seit langen Jahren nicht um irdischen Lohn, sondern aus frommem Triebe dem Dienste bei Sterbenden und Toten weihte. Schon deshalb umwitterte sie ein Hauch des Unheimlichen, und ihre Erscheinung mehrte diesen Eindruck. Niemand konnte ohne Grauen in diese Züge blicken, auf denen eine hoffnungslose Trauer wie eingemeißelt lag, und im Blick dieser starren Augen, die seit Jahren keine Träne mehr gekühlt, lag ein gebietender Zwang.

»Komm!« wiederholte sie und faßte Leas Hand.

»Zu wem?« stammelte das Mädchen und suchte sich loszumachen.

Aber diese knöcherne Hand ließ sie nicht frei, und noch fester bannte sie dieser Blick und der Ton der Stimme, mit dem die Greisin wiederholte: »Zu einer Sterbenden!«

Lea wußte nicht, wie ihr geschah; sie mußte folgen. Sarah schlich ihr nach, noch viel erschreckter als sie und keines Wortes mächtig. Als jedoch Gittel vor dem Torweg des stattlichsten Hauses der Gasse anhielt, raffte sie sich auf. »Lea!« flüsterte sie. »Hier wohnt Esther Frankel, die Schwiegermutter Rubens. Wir haben hier nichts zu suchen.«

»Schweig!« rief die Greisin und streckte die Hand drohend gegen sie. »Bist du ein jüdisch Kind, daß du es wagst, deine Schwester abzuhalten, wenn eine Sterbende ruft?! Wirst du ewig leben?!« Und zu Lea gewandt, fuhr sie fort: »Esther Frankel sagt, daß sie nicht sterben kann, ehe sie dich gesprochen. Darum wollte ich eben zu deiner Mutter gehen, als du vorüberkamst; Taube ist eine fromme Frau, sie hätte dich mir nicht verweigert! Weißt du, was das heißt, sterben wollen und nicht können, weil die Seele noch ein irdisches Geschäft hat …?! Komm!«

Lea bebte wie von Fieberfrost geschüttelt, aber sie sträubte sich nicht mehr. Die »letzte Freundin« ließ ihre Hand fahren und schritt ihr voran in den Torweg, eine Treppe empor und durch ein Gemach, in welchem zwei dürftig gekleidete Weiber, stumpf vor sich hinstarrend, saßen. Lea kannte sie: Es waren die Totenfrauen des Ghetto.

In der nächsten Stube lag die Sterbende in ihrem Himmelbette, um das dunkle Vorhänge wallten; keine Verwandte, keine teilnehmende Freundin, nur zwei gemietete Wärterinnen standen an ihrem Lager.

»Hier ist das Mädchen«, sagte Gittel und trat vor.

»Gottlob …! Näher! Näher!«

Kaum vernehmlich klangen die Worte und doch schrill wie ein Schrei. Das Mädchen wankte, da Gittel wieder ihre Hand ergriff und sie ans Lager zog. Wie hilfeflehend wandte sie sich nach der Schwester zurück, die bleich an der Türe stand, dann schloß sie die Augen.

»Sie ist schön«, klang dieselbe Stimme in ihre Ohren, und sie fühlte, wie sich eine zitternde, eisige Hand um ihre fiebernden Pulse legte. »Sie ist schön, und ihr Blut ist heiß, sie lebt – und mein Kind liegt im Grabe!«

Lea fühlte, wie ihr Entsetzen wuchs und sie übermannte. Aber fliehen konnte sie nicht. Diese Hand hielt sie fest, diese Stimme.

»Erschrick nicht, Mädchen! Hast du noch niemand sterben sehen …? Erschrick nicht! Sieh mich an!«

Lea zwang sich dazu. Das Antlitz der Sterbenden war weiß wie das Kissen, auf dem sie ruhte; selbst die Lippen waren völlig erblichen.

Auch die Hand fiel nun kraftlos nieder; alles Leben schien nur noch in den Augen zu verglühen und in der Stimme auszuhauchen, da sie begann:

»Kurz, Mädchen, ich will es kurz machen! Ich habe eine Tochter gehabt, ein einzig Kind, oh, wie lieb sie mir war! Sie hieß auch Lea, aber sie war nicht schön wie du, bleich und kränklich war sie, von Kindheit an, und kein Arzt konnte ihr helfen, auch später nicht, da sie Rubens Weib wurde, und Kinder waren ihr versagt. Aber sie klagte nie darüber und war glücklich, denn sie liebte ihren Mann schier übermenschlich und war selig, weil sie ihn hatte. Dann aber kam das Unglück; die Leute trugen ihr zu, daß er nach anderen sehe, er schwur, daß dies Verleumdung sei. Gott weiß die Wahrheit und möge ihn nach Verdienst richten, ich richte nicht; ich weiß nur, daß mein armes Kind von da ab keinen Frieden mehr hatte und keine gute Stunde. Und noch im Sterben quälte sie die Eifersucht, und noch im Tode konnte sie ihn nicht lassen. ›Mutter‹, sagte sie, ›ich ertrage es nicht, daß eine andere sein Weib wird, ich fände dann keine Ruhe im Grabe; er hat es mir zugeschworen, nicht wieder zu heiraten, aber wache du darüber!‹ Das waren ihre letzten Worte ...«

Die Sterbende schwieg, ihre Augen schlossen sich, das Haupt sank tiefer in die Kissen.

»Ich richte nicht!« flüsterte sie nach einer Weile mühsam, noch immer mit geschlossenen Augen. »Ich weiß nicht, ob der Tote sein Recht verlangen darf an dem Lebendigen, ich weiß nicht, ob mein armes Kind recht daran getan, jenen Eid von ihm zu verlangen und von mir, daß ich darüber wache. Aber dies weiß ich, daß man einer Sterbenden den geleisteten Schwur halten muß, denn vielleicht hat die arme Tote wirklich ihre Seele daran gehängt und findet keine Ruhe und muß wachen, wenn alle schlafen. Darum wollt’ ich für mein Teil dazu tun, was ich vermochte, und sagte Ruben: ›Du bringst ein Opfer, indem du der Toten den Willen tust; es könnte dich später reuen; ich will dich zugleich entschädigen und fester binden, indem ich dich unter dieser Bedingung zum Erben einsetze. Heiratest du wieder, so fällt mein Geld an fromme Stiftungen.‹ Er war es zufrieden, und ich machte das Testament und sah mit Ruhe meiner letzten Stunde entgegen. Ich dachte, er hängt am Gelde; er wird das große

Vermögen nicht preisgeben, und auch er sagte: ›Nun könnt Ihr ruhig sein, Mutter!‹ – Oh, der Lügner!« schrie sie gellend auf.

»Beruhigt Euch«, sagte Gittel, indem sie mit einem Tuche den Schweiß trocknete, der auf dem totenfahlen Antlitz stand. »Spart Eure Kräfte, Esther! – Und du, Mädchen«, fuhr sie mitleidig fort, »setze dich!«

Sie schob Lea einen Stuhl hin; es war kein überflüssiges Erbarmen, das Mädchen hielt sich sichtlich mit äußerster Mühe aufrecht.

Die Sterbende rang nach Atem; mit kaum hörbarem Flüstern fuhr sie endlich fort: »Schon damals hatte er mich belogen, als er mich so beruhigte, denn er wußte wohl, was ich hilfloses Weib nicht wußte, daß jene Bedingung nicht gestattet ist, daß es nach des Kaisers Gesetzen nicht erlaubt ist, jemand von einer neuen Ehe abzuhalten, und dachte: ›Stirbt sie, so heirate ich wieder und darf doch das ganze Vermögen behalten.‹ – Du zitterst Mädchen, dich graut vor solcher Schändlichkeit?! Oh, noch viel schlimmer handelte er, viel schlimmer! Er wartete nicht ab, bis ich die Augen schließen würde, ja nicht einmal die Jahrzeit seines armen Weibes, welches ihn unendlich geliebt, sondern er rechnete auf meine Krankheit und Verlassenheit und daß ich in meinem Haus mitten in der Stadt dahinlebe wie in einem Wald, und wagte es und verlobte sich mit dir! Nur eine Vorsicht brauchte er, nicht öffentlich sollte die Feier sein. Aber alle Leute wußten es, und auch ich erfuhr es endlich und ließ ihn holen. Er leugnete es ab, und ich glaubte ihm. Aber das Gerücht wurde immer lauter, und ich fühlte meine Kräfte immer mehr sinken, und da ließ ich vorgestern meine alte Freundin Miriam zu mir bitten, die Gattin von Hirsch Herzheimer, deine Großtante. Sie ist eine brave Frau, sie liebt dich sehr, und es kam ihr hart, die Wahrheit zu gestehen, aber sie tat es doch. Oh! Wie mir da wurde, und was sollt’ ich nun beginnen? Mein erster Gedanke war, ihn ganz zu enterben, aber war damit der Wille der Toten erfüllt?! Unseren Rabbi ließ ich in meiner Herzensangst rufen und flehte um seinen Rat. ›Lasset ab, ihn binden zu wollen‹, sagte er. ›Schenket Euer Vermögen den Witwen und Waisen! Jede Träne, welche hiedurch getrocknet, jedes Weh, welches hiedurch gekühlt wird, wird besser für den Frieden Eures Kindes wirken als jedes Gelübde dieses Mannes!‹ Er ist ein frommer Greis und hat sicherlich nach seinem Gewissen gesprochen, aber meinem Gewissen konnte er nicht helfen! Was soll ich meinem Kinde erwidern, wenn es mir droben begegnet und mich fragt: ›Mutter, hast du über meinen Willen gewacht …?‹ So beriet ich denn mit einigen Freunden meines Mannes – er ruhe in Frieden –, und sie unterhandelten mit Ruben, und gestern habe ich mit ihn das Abkommen geschlossen; was ich besitze, wird sein, aber gleichzeitig hat er sich durch einen furchtbaren Schwur vor zehn Männern verpflichtet, unvermählt zu bleiben und bis heute mittag sein Verlöbnis mit dir zu lösen …!«

Ein dumpfer Schrei brach von den Lippen Leas, sie sprang auf, wankte und wäre umgesunken, wenn nicht die »letzte Freundin« sie gestützt hätte. »Armes Kind!« murmelte sie, indem sie sie wieder auf den Stuhl sinken ließ.

Auch in Esthers Antlitz zuckte es. »Ihr geschieht hart«, murmelte sie, »aber kann ich ihr helfen?!« Dann raffte sie ihre letzte Kraft zusammen. »Mädchen«, fuhr sie fort, »noch eines habe ich dir zu sagen. Es fällt mir schwer, aber es muß sein, und deshalb ließ ich dich holen. Wer einmal sein Gelöbnis bricht, kann es wieder tun; vielleicht wirbt er, wenn ich begraben bin, von neuem um dich. Wohl würde ihn dann die Verachtung der ganzen Gemeinde treffen, aber vielleicht denkt er: ›Was liegt mir an den Leuten, ich behalte das Geld und nehme die Braut dazu!‹ Du aber widerstrebe und tue es nicht! Fürchte den Fluch der Toten und der Sterbenden! Fürchte …«

»Genug!« rief Gittel feierlich. Hoch aufgerichtet stand die Greisin da und streckte den Arm wie schützend über Lea hin. »Sie hat gehört, was sie hören mußte, aber quälet sie nicht!«

Das Wort mußte die Sterbende sehr hart getroffen haben, in den Tiefen der Seele.

»Allmächtiger Gott!« schrie sie auf. »Verzeihe mir, wenn ich gefrevelt habe! Du kennst ja mein Herz; ich konnte nicht anders! Und verzeihe du mir, Mädchen! Dir wird ein anderes Glück blühen, ein besseres. Bedenke, wer der Toten nicht den Eid gehalten, hätte auch die Lebende hintergangen …Gottes Segen mit dir, du Ärmste … verzeihe mir!«

Wie betäubt starrte Lea vor sich hin; keine Miene zuckte in ihrem Antlitz, starr und tränenlos blickten die Augen. Erst als Sarah in Tränen aufgelöst herbeikam und sie umfaßte, schien ihr das Bewußtsein wiederzukehren. »Weine nicht«, murmelte sie. »Komm!«

»Verzeihe mir«, ächzte die Sterbende noch einmal verzweifelt auf. »So wahr dir Gott gnädig sei!«

Lea stand ohne Regung, das Antlitz zu Boden geneigt, die Brauen finster zusammengezogen. Tiefste Stille war in der Stube, nur die Atemzüge der Sterbenden waren hörbar. Plötzlich brach ein krampfhaftes Schluchzen aus des Mädchens Brust; jähe, schwere Tränen rollten über ihre Wangen. Aber sie trocknete sie rasch und richtete sich auf.

»Ich verzeihe!« sagte sie. »Komm, Sarah!«

Und diese Fassung verließ sie nicht mehr, bis sie vor der Türe ihres Hauses stand. Ein Mann, den sie kannte, trat eben heraus; es war Jossef Blau, der Vetter Rubens. Sie wußte, welchen Auftrags er sich eben entledigt, sie wurde noch bleicher und faßte nach der Klinke der Haustüre, als müßte sie sich daran halten. Aber auch dies ging vorbei; raschen Schrittes stieg sie die Treppe empor.

Erregte Stimmen tönten ihr aus dem Wohnzimmer entgegen; es war der alte Hirsch Herzheimer, der mit ihrem Vater stritt. »Nur niemand sehen! Niemand hören!« stieß sie hervor. »Erzähle es ihnen, Sarah!« Sie eilte in ihr Stübchen und schob den Riegel hinter sich vor.

Indessen regnete es im Wohnzimmer die trübseligsten Klagen und Anklagen. Wolf hatte die Hiobspost nicht glauben mögen, nun, da Jossef Blau die Verlobung in aller Form gekündigt und, trotz des Sabbats, das im Vertrage vereinbare Reugeld von fünftausend Gulden auf den Tisch gezählt, konnte auch er seine Gattin und den Oheim nicht länger Lügner schelten. Hirsch Herzheimer war in schmerzlichster Erregung, sein Stolz bäumte sich auf gegen die Schmach, die seiner Familie angetan worden, er überschüttete Wolf mit den heftigsten Vorwürfen.

»Das kommt davon, wenn man sich in dunkle Dinge einläßt«, rief er, »wer hat je von einer heimlichen Verlobung gehört?! Und tut man es, so schützt man sich doch wenigstens durch den Vertrag! Fünftausend Gulden! – Nun sieh zu, wie du mit diesem Bettel deine und deines armen Kindes Schande zudeckst!«

»Es ist keine Schande«, rief Wolf heftig, »nur ein Unglück! Meine Lea wird einen anderen Freier finden.«

Aber Frau Taube, die wild vor sich hin weinte, rief verzweifelt: »Nein, Wolf, begraben wir unsere Hoffnungen! Die Leute werden Ruben verurteilen, aber auch uns nicht schonen. Eine zurückgegangene

Verlobung läßt immer einen Fleck zurück, und nun gar diese, die in allem ungewöhnlich war und soviel beredet und beneidet wurde! Ruben ist als leichtfertiger Mensch verrufen; ein Mädchen, das er sechs Wochen lang jeden Abend als seine Verlobte hat küssen dürfen, findet schwer einen Bewerber mehr, auch wenn sie so rein und unschuldig ist wie unser armes Kind!«

Und die gleiche Erwägung war es auch, welche die arme Verlassene in ihrem Stübchen am tiefsten zu Boden drückte; nur daß sie ihr nicht als scharfer, klarer Gedanke nahte, sondern als ein unsäglich demütigendes Gefühl dunkler Scham. Wohl erfüllte sie die Handlungsweise Rubens mit Empörung, das jähe Zerrinnen aller Hoffnungen mit banger Mutlosigkeit, aber das herbste, ein kaum zu ertragendes Weh empfand sie doch, wenn sie an jene Stunden dachte, da dieser Mensch seinen Arm um sie geschlungen. Sie hatte es gelitten, weil sie sein Weib werden mußte, weil keine Braut geringeres litt – nun aber kam sie sich wie entehrt, wie befleckt vor, in der eigenen und aller Menschen Meinung. Fieberhafte Glut deckte ihr Antlitz, sooft sie daran dachte, und gleichzeitig schüttelte kalter Frost ihre Glieder. »O mein Gott!« stöhnte sie in wilder Verzweiflung. »Laß mich sterben, da ich keinem Menschen mehr ins Auge sehen kann!«

Frau Taube erschrak wie noch nie im Leben, als sie diese Worte vernahm, und beruhigte sich erst, da sie erkannte, daß hier eine keusche Seele die Befleckung ihres Empfindens schmerzlicher nachfühlte, als andere, minder feinfühlige Naturen den Verlust ihrer körperlichen Unschuld. Vergeblich suchte sie ihr gebeugtes Kind wieder aufzurichten, indem sie – wider die eigene Überzeugung – von neuen Hoffnungen, einem besseren Freier sprach.

»Nein! Nein!« rief Lea. »Um mich wird keiner mehr werben, und auch ich möchte solche Tage nicht wieder durchleben!«

Dabei blieb sie auch in den nächsten Tagen; fast schien es, als ob diese Selbstqual schließlich jede andere Empfindung decke, selbst den Zorn gegen den Treulosen.

»Was kannst du dafür, daß er ein erbärmlicher Mensch ist!« rief ihr Frau Taube zu, aber dies führte einmal zu einem Gespräch, welches sie diesen Vorwurf gegen Ruben nie wiederholen ließ.

»Erbärmlich?« sagte Lea dumpf. »Es kommt auf die Auffassung an. Wir haben einen Vertrag mit ihm geschlossen, der uns und ihm vorteilhaft schien. Da kam die Stunde, wo ihm die Lösung vorteilhafter schien, und er erlegte das Reugeld!«

»Was sprichst du da?« rief die Mutter. »Ein Verlöbnis ist mehr als ein Vertrag!«

»Ja! Ich fühl's«, schrie Lea wild auf. »Aber darfst *du* das sagen?! Wenn du dies einsiehst, dann mußt du auch begreifen, daß mir jeder seiner Küsse auf den Wangen brennt wie ein Mal, das sich nicht wegwaschen läßt, dann darfst du mir nicht sagen: ›Küsse binden nicht, du wirst einen anderen Freier finden!‹ Mutter, wenn ein Verlöbnis mehr ist als ein Vertrag, so darf man es nicht schließen wie einen Vertrag, und tut man es doch, so darf man sich nicht beklagen, wenn es der andere nicht heiliger erachtet!«

Frau Taube schluchzte heftig. »Wir haben nichts getan, was gegen die Ehre geht. Verbittre dein Herz nicht gegen deine armen Eltern, die nur dein Bestes gewollt!«

»Das sehe ich ein!« sagte Lea. »Und klagte ich euch an, so müßte ich auch mich anklagen. Ich tue es nicht, wir haben getan, wie alle Welt tut: Wir haben nach Vernunft gewählt und entschieden. Aber eben darum hüte ich mich, Ruben zu verachten, weil auch er nur so gehandelt, wie seine Vernunft gebot. Ich hüte mich, es erbärmlich und gewissenlos zu finden, daß er das Geld höher geschätzt als alles andere, denn sonst müßte ich auch uns so schelten Wohl wäre er dann erbärmlicher als wir – tausendmal erbärmlicher und gewissenloser, aber der Unterschied wäre doch nicht groß genug, um sich daran zu klammern. Ach!« schluchzte sie auf. »Wie traurig das Leben ist, wie traurig!« Sie stürzte in die Arme der Mutter und mischte ihre Tränen mit den ihrigen.

Das war das einzige Mal, wo sich ihr Schmerz laut und leidenschaftlich äußerte. Sonst saß sie in dumpfem Brüter, in ihrem Stübchen und wollte niemand sehen; selbst der treue Tänzerles konnte sie nur einmal heimlich durch die geöffnete Tür des Nebenzimmers auf wenige Minuten beobachten. Wie sie so regungslos dasaß, auf dem schönen, marmorblassen Antlitz den Ausdruck düsterer Trauer, mußte er unwillkürlich an jenen Scherznamen denken, der nun so traurige Wahrheit geworden. »Melpomene!« flüsterte er vor sich hin.

Sein Herzblut hätte er hingeben mögen, um sie heiter und glücklich zu machen, aber was konnte er dazu tun? Er wußte, auch ein anderer wünschte es, vielleicht noch sehnlicher; auch der vermochte nichts zu tun. Wiesner hatte ihm geschrieben, seine Angelegenheiten hielten ihn wider Erwarten lange in der Heimat fest, er bitte um Mitteilung, wie sich die Familie Herzheimer befinde. Tänzerles hatte kurz geantwortet, es seien alle wohl; des Unglücks hatte er nicht erwähnt. ›Wozu?‹ dachte er. ›Ich traue ihm trotz alledem nicht zu, daß er sich entschließen könnte, ernstlich um die Jüdin zu werben, und wenn auch, so würden doch die Eltern ihr Kind dem Christen, dem armen, jungen Doktor, unter keiner Bedingung geben. Wozu noch diese Kämpfe über Lea bringen?‹

So war eine Woche seit jenem traurigen Sabbat vergangen, und schier ebensolange hatte nun auch Esther Frankel die ewige Ruhe gefunden. Aber noch immer war ihr Name auf aller Lippen; man ward nicht müde, ihr und Rubens Betragen zu beurteilen. Viele trugen es der Toten nach, daß sie ihr Vermögen den Armen entzogen, nur um ihren Willen durchzusetzen, der diesen Menschen durchaus unlöblich erscheinen mußte: Es widerstrebt dem jüdischen Geiste, jemand von der Ehe abzuhalten, zur Einsamkeit und Kinderlosigkeit zu verdammen. Aber wenn auch ein anderer Grundzug dieser Volksseele, die fromme Scheu vor den Toten, jedes herbe Wort gegen Esther von den Lippen bannte, so äußerte sich der Groll gegen Ruben um so lauter und entschiedener. Man fand es empörend, daß er die Bedingung eingegangen, noch empörender, daß er hinterher die beklagenswerte, von frommem Wahn verblendete Greisin zu täuschen versucht, am empörendsten, daß er sich schließlich doch aus Habgier, nur um den Armen das Vermögen zu entziehen, ihrem Willen unterworfen. Nur wenige tadelten ihn um des Schimpfes willen, den er einer armen, aber unbescholtenen Familie angetan, obwohl niemand seinen Treubruch billigte, aber das war schließlich eine private Angelegenheit; anders diese gemeine Gier, die ihr Spiel mit dem Heiligen getrieben! Das traf die Gemeinde und jeden einzelnen wie eine persönlich erlittene Kränkung. Und diese Empörung steigerte sich noch, als man schon am Tage nach dem Begräbnis erfuhr, um welche Summe es sich gehandelt: Sechzigtausend Gulden hatte Ruben geerbt! Das war in jenen Tagen zwar immerhin ein Vermögen, aber doch nur eine geringfügige Summe für diesen Mann, der das Zehn- oder Fünfzehnfache besaß! »Das ist Rubens Unglück«, sagte Wolf Meisels, der Spaßmacher, »hätte er eine Million erschlichen, so wäre er wieder ein geachteter Mann!« Viele sprachen offen ihr Bedauern darüber aus, daß die Zeit leider schon zu »aufgeklärt und neumodisch« geworden, um noch gegen jemand die Strafe des »Cherem«, des geistlichen Bannes, auszusprechen; könnte man dies noch, meinten sie, dann würde Ruben sich beeilen, den Armen zu erstatten, was ihnen gebührte. Aber wenn auch kein öffentlicher Bannfluch gegen ihn geschleudert wurde, so bewirkte doch die gemeinsame Empörung nahezu dasselbe. Niemand besuchte Ruben, niemand grüßte ihn, wenige erwiderten seinen Gruß. Die Vorsteher einiger wohltätiger Vereine, an deren Verwaltung er sich beteiligt, ersuchten ihn, sein Amt niederzulegen, weil sonst sie es tun müßten. Ruben war binnen wenigen Tagen der gemiedenste Mann der Judenstadt geworden, und es ließ sich unschwer ermessen, daß dies auch auf seine Geschäfte schädlichen Einfluß üben werde.

Die Familie Herzheimer, die sich im Gefühl der erlittenen Schmach von aller Welt abschloß, erfuhr nichts hievon; erst Hirsch, der am Sabbat wieder zu Besuch kam, brachte die Kunde. Wolf jubelte auf, daß den Elenden die gerechte Strafe ereilt; Lea saß teilnahmslos da, als wäre dieser Mann nie ihr Verlobter gewesen; Frau Taube hingegen wurde immer nachdenklicher, und als Hirsch bemerkte, daß Ruben wohl nachgeben und das Vermögen an die Witwen- und Waisenstiftung abtreten werde, blickte sie ihn voll an, worauf er mit einem Achselzucken erwiderte.

Zwei Tage später kam der alte Mann wieder. »Jossef Blau war heute bei mir«, eröffnete er den Eltern. »Ruben hat gestern vor dem Rabbi und im Beisein jener Männer, vor deren er den Schwur geleistet, die Erbschaft für die Armen hinterlegt und sich von ihnen seines Eides entbinden lassen. Und da nun der Zwang für ihn fortfällt, ledig zu bleiben, so möchte er sein Verlöbnis mit Lea erneuern. Die Bedingungen sollen dieselben bleiben, die Hochzeit in vierzehn Tagen stattfinden. Überlegt die Sache wohl!«

»Was ist da zu überlegen?!« rief Wolf hocherfreut. »Natürlich stimmen wir zu! Dummheiten macht jeder Mensch; warum sollten wir Ruben nicht verzeihen?«

»Auch ich bin einverstanden«, sagte Frau Taube, »aber die Entscheidung hängt einzig von Lea ab!«

»Was soll das heißen!« rief Wolf. »Jetzt wirst auch du noch romantisch?!«

Der Onkel jedoch gab der Mutter recht. »Gewiß! Lea hat da mitzu-sprechen! Allerdings kannst du dem Mädchen die Sache ein wenig aufputzen: daß Ruben doch eingesehen hat, wie lieb sie ihm ist, und daß er deshalb auf die Erbschaft verzichtet hat oder so ähnliches. Wahr ist es freilich nicht, obwohl ich andererseits selbst glaube, daß er mehr schwach als gemein gehandelt hat: Er hatte sich einmal in den Kopf gesetzt, die Erbschaft nicht fahrenzulassen, und vielleicht überwältigte ihn daneben im entscheidenden Augenblick das Grauen vor der Sterbenden. Auch dies könntest du deiner Tochter sagen!«

»Dies letzte allerdings«, erwiderte Taube fest, »weil ich selbst daran glaube, aber von der plötzlichen Liebe will ich schweigen. Ich habe meine Kinder nie belogen und will es auch jetzt nicht tun!«

Klopfenden Herzens trat sie in Leas Stübchen und teilte ihr nach langer Einleitung, zögernd und zagend, die Nachricht mit; daß sie selbst ein Jawort wünsche und vernünftig erachte, verschwieg sie nicht, aber ihrem Vorsatz blieb sie getreu und vermied jedes beschönigende Wort.

Lea war ans Fenster getreten, so daß die Mutter ihr Antlitz nicht sah. Stumm hörte sie zu und sprach auch dann kein Wort. Endlich sagte sie leise: »Gönne mir eine Stunde Bedenkzeit!«

»Auch einen ganzen Tag, mein Kind!« erwiderte die Mutter und ließ sie allein.

Aber noch war nicht die Hälfte der erbetenen Frist verstrichen, als Lea ins Wohnzimmer trat, wo auch der Onkel noch weilte. »Ja!« sagte sie. »Ich will Rubens Weib werden.«

Ihre Stimme klang fest, aber ihr Antlitz war so bleich, so düster, daß die Mutter und Hirsch nicht gleich ein Wort der Erwiderung fanden. Nur Wolf dankte ihr in überströmenden Worten und segnete sie. Dann erst trat die Mutter auf sie zu, küßte sie schweigend auf die Stirne und begann plötzlich bitter zu weinen; kaum wußte sie selbst, warum ihr so schwer ums Herz sei.

»Mit Gott!« sagte der Greis tröstend und erhob sich. »Es ist ja alles wieder gut und wird noch besser werden. Ich will nicht sagen, daß Ruben ein Engel ist, aber glaube mir, mein Kind, er hat mehr gute Eigenschaften, als ihm die Leute in den letzten Tagen haben zugeste-hen mögen ...«

»Ich kenne ihn ja, Großonkel«, unterbrach ihn Lea kurz, und es war dem Ton ihrer Worte nicht abzumerken, wie sie gemeint waren.

Der Greis schien sie als Bekräftigung seines Lobes zu deuten. »Wohlan«, sagte er, »so wollen wir heute abend in meinem Hause in aller Form die Verlobung feiern!«

»Warum nicht hier?« sagte Wolf gereizt. »Ich bestehe darauf, daß Ruben hierher kommt!«

»Nein, Vater!« sagte Lea scharf und entschieden. »Wir gehen zum Großonkel.«

Sie fühlte, daß diese Einladung in der Tat ein Opfer sei, welches der Greis seinem Familiensinn bringe. Die Klugheit gebot es, nun alle Formen doppelt genau zu wahren, und er hatte sich entschlossen, die neue Verlobung mit der Autorität seines Hauses zu decken, obwohl es ihm sicherlich nicht erwünscht sein konnte, in eine so viel beredete Angelegenheit mit hineingezogen zu werden. »Ich danke dir«, sagte sie darum herzlich und küßte ihm die Hand.

Heiter und unbefangen konnte sich das Fest nicht gestalten, zu welchem sich am Abend in Hirsch Herzheimers Hause neben den nächsten Angehörigen auch einige angesehene Familien der Judenstadt eingefunden, aber es verlief doch besser, als die meisten befürchtet, und jeder Mißton blieb vermieden. Das Hauptverdienst daran gebührte der Braut, welche sich in ihrer schwierigen Lage so sicher, so taktvoll benahm, daß es hierüber nur eine Stimme des Lobes gab. Sie begrüßte Ruben, der sich ihr in fassungsloser Scham und Verlegenheit kaum zu nähern wagte, zwar nicht so, als wäre nichts geschehen, aber mit einer ruhigen Freundlichkeit, welche auch ihm die Besonnenheit wiedergab. Die gleiche Haltung bewahrte sie den Abend über, und als die Gäste schieden, sagten sie sich: »Wie eine glückliche Braut sieht das verhärmte Mädchen nicht aus, und sie opfert sich ja auch nur für ihre Familie, indem sie ihn dennoch nimmt, aber sie wird ihn bald beherrschen wie nur je eine kluge, schöne Frau ihren Gatten und wird sich ihr Leben gut zu gestalten wissen.«

Am nächsten Tage gab es im Hause Taubes mehr Geräusch und Leben als je zuvor; die Freunde beeilten sich von neuem, ihren Glückwunschbesuch zu machen, auch viele flüchtige Bekannte, die eigentlich kein Recht dazu hatten, fanden sich aus Neugierde ein, nur um zu sehen, welche Miene die Braut mache. Enttäuscht zogen sie ab; »wie gut sie sich zu verstellen weiß«, hieß es, da Lea weder verweinte Augen wies, noch flammende Liebe für ihren Bräutigam heuchelte.

Zu gleicher Zeit installierte sich in den Zimmern der Mädchen ein kleines Heer von Schneidern und Näherinnen; die Aussteuer wurde, da die Hochzeit schon am nächsten Sonntag, also in kaum zehn Tagen stattfinden sollte, in fieberhafter Eile gerüstet; das Geld dazu hatte Ruben, dem Vertrage gemäß, Frau Taube übergeben.

Sah man von diesem lauten Treiben ab, so hatte sich scheinbar nichts im Hause gegen die Tage der ersten Verlobung geändert. Ruben erschien des Abends wieder und saß neben Lea und überschüttete sie mit denselben Zärtlichkeiten wie einst, und auch die stille Resignation, mit der sie dies hinnahm, schien dieselbe geblieben. Nur der Mutter war's immer zumute, als müßte sie Herz und Hände zu Gott erheben und ihn anflehen, daß er alles in Gnaden zum Guten wende. Nie hatte sie brünstiger das Gebet über die Sabbatkerzen gesprochen als am letzten Freitag vor der Hochzeit. Kaum wußte sie, woher dies Bangen ihrer Seele rühre. Nur zwei Tage noch, und Lea war vermählt, eines reichen Mannes Weib, und die Leute sagten ja alle, sie würde ihn beherrschen und ein zufriedenes Leben führen …! Warum konnte sie sich dennoch der Zukunft nicht freuen, warum erzitterte das Mutterherz in seinen Tiefen, wenn sie ihr Kind ansah, das doch ruhig und gefaßt schien …?!

Am selben Abend fand sich Tänzerles wieder ein; er hatte es bisher nicht übers Herz gebracht, dem Bräutigam von neuem Glück zu wünschen. Der treue Mensch war in diesen Tagen die Beute der widersprechendsten Empfindungen: Aaron fühlte das innigste Mitleid mit Lea und sah ein, daß sie als gute Tochter gehandelt, während Edgar ihr nicht verzeihen konnte, daß sie den Treulosen so rasch wieder in Gnaden aufgenommen. – Oh, wie er den elenden Geldprotz haßte …! Auch hätte er die peinliche Begegnung mit diesem gerne noch länger hinausgeschoben, aber es schickte sich kaum mehr; auch hatte Wiesner ihm eben geschrieben, daß er am nächsten Morgen eintreffe, und dies mußte er den Hausleuten sagen, da das Zimmer inzwischen als Schneiderwerkstätte diente.

Deshalb nahm auch Frau Taube die Mitteilung unwillig auf. »Er hätte wirklich so rücksichtsvoll sein können, bis nach der Hochzeit daheim zu bleiben«, sagte sie halb scherzhaft, halb verdrießlich und ahnte nicht, daß ihr vom Schicksal auferlegt war, bald diesen Wunsch in bitterster Verzweiflung bis zu ihrem Tode wiederholen zu müssen. »Wohin soll ich nun die Arbeiter setzen?«

Im übrigen schien die Nachricht auf niemand besonderen Eindruck zu machen, am wenigsten auf Lea, und Tänzerles war daher erstaunt, als diese ihm später hastig zuflüsterte: »Ich flehe Sie an, sagen Sie Wiesner nicht, was inzwischen vorgegangen!« Dann aber fand er dies Ersuchen sehr begreiflich, und ebenso stimmten Mutter und Schwestern zu, als Lea, nachdem ihr Bräutigam gegangen war, auch ihnen Schweigen empfahl.

Nur Wolf widersprach; er hatte es sich bereits so schön ausgemalt, seinem jungen Freunde die rührende Geschichte zu erzählen, wie Ruben nach kurzem Schwanken auf eine Million verzichtet, aus Liebe zu Lea, hauptsächlich aber um sein Schwiegersohn zu bleiben. Doch gab er endlich nach, meinte aber, derlei könne kein Geheimnis bleiben.

Darin sollte er recht behalten.

Als Tänzerles am nächsten Morgen eben sein Zimmer verlassen wollte, ward plötzlich die Türe aufgerissen, und Wiesner stürzte herein, bleich und verstört; seine Augen glühten. »Mensch!« rief er wild und faßte das Männchen an den Schultern und schüttelte es. »Warum haben Sie mir das nicht geschrieben?!«

»Was?« murmelte Tänzerles und suchte sich loszumachen. Er wußte recht wohl, was Wiesner meinte, nur fand er in seinem jähen Schrecken keine anderen Worte. »Beruhigen Sie sich!« bat er dann fast weinerlich, da ihn diese Hände noch immer wie eiserne Klammern festhielten. »Ich hatte meine Gründe. – Von wem haben Sie es erfahren?«

Wiesner ließ die Arme sinken. »Erzählen Sie!« bat er, ohne auf die Frage zu achten. »Und bei allem, was Ihnen heilig ist, sagen Sie mir wenigstens die volle Wahrheit! Willigt das Mädchen wirklich wieder ein?! Es ist ja kaum faßbar!«

»Das arme Kind!« seufzte Tänzerles auf. Dann erzählte er die Tatsachen genau, ohne jede Beschönigung. »Lea opfert sich eben für ihre Eltern!« schloß er. »Ihr gebührt Mitleid, aber nicht Verachtung.«

»Wer die eigene Menschenwürde nicht ehrt, verdient kein Mitleid«, rief Wiesner ungestüm. »Und nun erst diese Eltern! Haben Sie auch jetzt noch ein Wort des Lobes für solchen Wucher?!«

»Gelobt habe ich ihre Handlungsweise nie«, erwiderte Tänzerles, »erklären kann ich sie auch heute noch. Für Wolf, vielleicht auch für

Taube war mit Rubens neuer Verlobung alles ausgeglichen: Die Verhältnisse lagen wie früher. Für Lea freilich nicht; nun kennt sie den Mann! Um ihrer eigenen Versorgung willen nimmt sie ihn nicht mehr – aber die Rücksicht auf die Ihrigen … Sie opfert sich.«

»Ich aber rette sie!« rief Wiesner in äußerster Erregung. »Und gelingt es nicht, ist es heute, einen Tag vor der Hochzeit, zu spät, dann ist nur Ihr Schweigen daran schuld.«

Er stürzte aus dem Zimmer; wie betäubt starrte ihm Tänzerles nach. Also Wiesner hatte es wirklich ernst mit Lea gemeint! Aber war dies nicht gleichgültig, hätten die Eltern jemals eingewilligt, selbst wenn Tänzerles rechtzeitig geschrieben hätte? »Unmöglich!« wiederholte Aaron unablässig zu Edgars Troste, der sich schwere Vorwürfe machte.

Eine Stunde später, als Wolf und Taube aus dem Frühgottesdienst heimkehrten, trat ihnen Wiesner im Flur der Wohnung entgegen, wo er ihrer geharrt. »Darf ich Sie beide um die Ehre einer Unterredung bitten?« sagte er. »Aber in einem Zimmer, wo wir ungestört bleiben!«

»Um was handelt es sich?« fragte Wolf. »Nämlich – verzeihen Sie, wenn es nicht etwas Dringendes ist – wir haben noch viel zu ordnen – morgen ist ja die Hochzeit, zu der Sie natürlich auch kommen müssen –«

»Es ist dringend«, fiel ihm Wiesner ins Wort, so ernsten Tones, daß ihn Wolf befremdet ansah und Frau Taube erschreckt dachte: »Gewiß fehlt ihm was von seinen Sachen, unter den Schneidern war ein Dieb!« Sie öffnete das Zimmer der Mädchen, welches an das Stübchen Leas stieß, und ließ ihn eintreten. »Hier sind wir ungestört«, sagte sie, »meine Töchter sind im Wohnzimmer!«

Sie setzten sich. »Ich will es kurz machen«, begann Wiesner. »Ich liebe Ihre Tochter Lea und werbe um ihre Hand!«

Wolf stieß einen Schrei höchster Überraschung aus und fuhr empor, Frau Taube verfärbte sich, er aber fuhr fort:

»Ich weiß, was Sie mir dagegen sagen werden; hören Sie daher, was ich Ihnen zu sagen habe. Ich liebe Ihre Tochter seit dem Augenblick, wo ich sie zuerst gesehen. Ich schweige davon, wie mir in jenen Tagen zumute war, wie ich dann mit mir rang, meiner Leidenschaft Herr zu werden. Vielleicht wäre mir dies geglückt, ohne jene Begegnung am Nepomukstage. Seit jener Stunde fühlte ich mein Los besiegelt: Ich mußte mir das Mädchen erringen oder elend werden fürs ganze

Leben. Es war keine Selbsttäuschung, ich wußte es, ich kenne mich. Jede Hoffnung schien wahnsinnig; was wollte der arme Christ, da sich der reiche jüdische Schwiegersohn bereits gefunden? Aber ich hatte nur die Wahl zwischen der feigen Ergebung ins Elend und dem Kampf und wählte diesen. Ich zog in Ihr Haus, ich näherte mich Ihnen, ich suchte Ihre Freundschaft. Sie sollten mir, wenn ich einst vor sie hinträte, nicht sagen können: ›Wir kennen Sie nicht, wir haben ein Vorurteil gegen Christen!‹ Ich rang darnach, meine Studien abzuschließen, ich machte mein kleines Vermögen flüssig, ich suchte eine Anstellung, Sie sollten mir nicht sagen können: ›Du kommst mit leeren Händen!‹ Ihre Tochter ermunterte mich sicherlich nicht – im Gegenteil! Aber mich verließ die Zuversicht nicht, daß ich ihr nicht gleichgültig sei. So war ich fest entschlossen, nach meiner Rückkehr um sie zu werben, auch wenn sich nichts geändert hätte. Nun hat sich aber inzwischen ein Ereignis vollzogen, welches nie wieder vergessen und ausgetilgt werden kann. Nun trete ich mutiger vor Sie hin, als ich es sonst vermöchte. Daß ich so spät komme, ist nicht meine Schuld – noch ist es nicht zu spät, noch ist Lea nicht vermählt ...«

»Mir wirbelt das Hirn«, rief Wolf. »Herr Doktor, das ist ja der helle Wahnsinn!«

»Warum?« fragte Wiesner. »Weil ich Christ bin? Ich verlange nicht, daß Lea ihren Glauben wechselt; in Weimar sind Mischehen gestattet, ich heirate sie dort. Weil sie Blaus Braut ist und morgen sein Weib werden soll? Haben Sie mehr Rücksicht gegen ihn zu nehmen, als er Ihnen erwiesen? Oder weil ich nicht so reich bin wie er? Ich besitze zwölftausend Gulden bar und bin bereit, sie Ihnen abzutreten, ferner, mich zu einer steigenden Rente an Sie zu verpflichten. Daß ich dies kann, mag Ihnen dies Schreiben beweisen: Fürst Schwarzenberg will mich zu seinem Leibarzt ernennen; diese Versorgung zu erwirken, blieb ich so lange aus. Es ist eine andere Karriere, als ich vorgehabt, aber für Leas Besitz ist mir kein Opfer zu groß! Daß Ruben Ihnen mehr gewähren kann, weiß ich, aber es fällt ja wohl auch in die Waagschale, daß ich Ihrer Tochter sympathischer bin als er oder doch sicherlich achtungswerter, denn ihn, den Elenden –«

»Genug!« fiel ihm Frau Taube ins Wort und erhob sich. »Beschimpfen Sie den künftigen Gatten meiner Tochter nicht. Ich danke Ihnen für Ihren Antrag, der offenbar ehrlich gemeint ist, ich bedaure, daß Sie sich so lange vergeblichen Hoffnungen hingegeben, aber wir müssen ›nein‹ sagen. Wir hätten es in jedem Falle und auch dann sagen müssen, wenn Sie gekommen wären, ehe Ruben seine Werbung erneuert, schon die äußeren Verhältnisse hätten es unmöglich gemacht ...«

Wiesner wurde totenbleich. »Das Geld!« rief er, fassungslos vor schmerzlicher Empörung. »Das erbärmliche Geld! Oh, hören Sie doch auf die Stimme des Gewissens, knebeln Sie nicht aus Habgier den Willen Ihres armen Kindes –«

»Herr Doktor!« brauste Wolf zornig auf, aber Taube winkte ihm, zu schweigen.

»Beenden wir dies peinliche Gespräch«, sagte sie. »Ihre Worte will ich Ihrer Erregung anrechnen. Nur eines bin ich verpflichtet zu sagen: Wir zwingen unsere Tochter nicht, sie hat frei entschieden.«

»Das will ich aus ihrem eigenen Munde hören! Und auch dann glaube ich es nicht. Ich wünsche Fräulein Lea zu sprechen!«

Nun verließ auch Frau Taube die Ruhe: »Mit welchem Rechte?!« rief sie. »Sind Sie wahnsinnig …? Wünschen Sie keine Unterredung mit meiner Tochter! Sie könnten dabei anderes hören, als Sie erwarteten. Ich wollte Sie schonen, aber nun spreche ich! Es ist besser so, Sie sollen wissen, daß Sie bisher in einer wahnwitzigen Einbildung gelebt haben, und meine Schuld soll es nicht sein, wenn Sie Lea auch noch vielleicht später als Frau behelligen! So erfahren Sie denn, daß Lea Sie verachtet!«

Seinen Lippen entfuhr ein dumpfer Schrei, und ihm antwortete wie ein Echo ein leises Aufstöhnen aus dem Nebenzimmer. Aber die Eltern achteten nicht darauf, auch er überhörte es in seiner furchtbaren Erregung. »Warum?« schrie er wild.

»Das weiß ich nicht«, erwiderte die Frau. »Aber sie wird ihre Gründe haben. Lea urteilt nicht rasch, aber dann für alle Zeit!«

»Sie lügen.«

Sie wollte ebenso zornig erwidern, aber sie bezwang sich: Seinem Antlitz war ja abzusehen, wie furchtbar ihn das Wort getroffen. Fast wollte sie ein Mitleid übermannen, und darum begnügte sie sich zu sagen:

»Ich lüge nicht! Bei Leas Leben! – Sie hat es mir gesagt!«

Er starrte sie an; ihr wurde unheimlich bei diesem Blick. ›Der Mensch wird wahnsinnig!‹ dachte sie.

»Bei Leas Leben!« murmelte er. »Sie lügt nicht!« Dann wandte er sich ab und verließ wankenden Schrittes die Stube.

Den Gatten blieb keine Frist, den unerhörten Vorfall zu besprechen; sie eilten ins Wohnzimmer; es galt die neu eingetroffenen Hochzeitsgeschenke auf einem langen Tische zu den übrigen zu reihen, dann die Erfrischungen für die erwarteten Gäste herzurichten. In der Hast dieser Arbeiten übersah es Frau Taube anfangs ganz, daß Lea nicht, wie sie geglaubt, bereits längst im Wohnzimmer sei, und als sie dann erfuhr, die Braut weile noch in ihrer Stube bei der Toilette, dachte sie wohl: ›Dann muß sie ja jedes Wort gehört haben!‹ und war einen Augenblick darüber bestürzt, aber nur deshalb, weil sie ihr die peinlichen Details der Szene gerne verborgen hätte. Nachdem jedoch etwa eine Stunde vergangen war, ohne daß Lea erschien, ging sie in ihr Stübchen, zur Eile zu mahnen: Bald mußten die ersten Gäste erscheinen, und die Braut hatte ja die Pflicht, jedem für sein Geschenk zu danken. Aber als sie die Tür öffnete – »Allmächtiger Gott!« schrie sie entsetzt auf.

Und wahrlich! – Der Anblick, der ihr diesen Schreckensruf abgerungen, war jammervoll genug. Auf der Diele hingestreckt lag der Leib des Mädchens, das Haupt in die Arme vergraben. Ein heftiges, krampfhaftes Schluchzen durchschütterte die Glieder, um welche sich ein Kleid von heller, schwerer Seide bauschte; das gelöste Haar bedeckte weithin die Diele, daneben schimmerte ein Schmuck, der den Händen entglitten war. So war sie, von den Enthüllungen jener Unterredung wie von einem Blitzstrahl getroffen, an dem Spiegel, vor dem sie sich geschmückt, hingesunken und in der dumpfen Betäubung eines grenzenlosen Schmerzes liegen geblieben.

»Lea!« jammerte die Mutter schrill auf, kniete zu ihr nieder und bettete das Haupt in ihrem Schöße. Ach! Kaum erkannte sie in diesen fahlen, gramdurchwühlten Zügen das schöne Antlitz ihres Kindes. Unablässig quollen die Tränen aus den weit geöffneten Augen hervor und fluteten über die Wangen.

»Mutter!« murmelte sie. »O wär' ich tot! O könnt' ich sterben!«

»Barmherziger Gott!« stieß Frau Taube mühsam hervor, der Schreck lähmte ihre Zunge. »Was – was ist geschehen? Du hast gehört, was Wiesner wollte? Aber es geht dich ja nichts an! Du verachtest ihn ja!«

»Nein!« schrie Lea gellend auf. »O ich Unselige, wie blind ich war!«

»Ich verstehe dich nicht! Was kann dich so getroffen haben?!«

Sie suche mit den zitternden Händen das Mädchen aufzurichten, es gelang ihr, sie führte die Wankende zum Sofa hin und setzte sich dicht neben sie.

»So sprich doch!« flehte sie und strich ihr das wirre Haar aus dem Antlitz. »Ich sterbe ja vor Angst. Der Christ kümmert dich nichts, nicht wahr, Lea?! Das wäre ja entsetzlich, das furchtbarste Unglück. Drüben warten die Gäste, morgen ist die Hochzeit ... mir wirbelt das Hirn ... du heiratest Ruben, nicht wahr? Was ist geschehen?«

»Laß mich, Mutter«, bat das Mädchen. »Laß mich allein; später will ich dir alles sagen! Oder besser, du erfährst es nie! Niemand soll es erfahren ...! Fürchte nichts, ich sehe ja ein, daß alles vergeblich wäre, daß es unmöglich ist ... morgen!« Sie schauerte zusammen und schlug die Hände vors Antlitz. »Ich werde Rubens Weib, Mutter, du kannst ruhig sein – aber nun – laß mich – ich flehe dich an!«

»Aber Kind, das geht ja nicht! Die ganze Stadt kommt ja heute zum Glückwunsch zu uns! Was werden die Leute sagen? Du mußt, Lea!«

»Hab Erbarmen! Ich kann nicht ... Sag, daß ich krank bin!«

»Das geht nicht! Was wird Ruben sagen? Wasche dir die Augen, dann sieht man nicht, daß du geweint hast, und wenn auch, welche Braut weint nicht manchmal ... Mein Gott, schon höre ich die ersten auf der Treppe! Hannah muß dir beim Ankleiden helfen! Ich schicke sie dir!«

Frau Taube eilte ins Wohnzimmer zurück, schärfte Hannah ein, sich möglichst zu beeilen, und entschuldigte dann die Braut vor Ruben und den anderen Besuchern; es sei ein kleines Malheur mit dem Kleid passiert. Angstvoll zählte sie dabei die Minuten, bis Lea eintrat. Aber sie mußte lange harren, wohl eine Stunde. Und als Lea endlich erschien, gab es ihr einen Stich durchs Herz; wie verstört die Ärmste war, wie gramvoll die Augen aus den tiefgeröteten Lidern blickten ...! ›Und was werden die Leute sagen!‹ dachte sie dann.

Aber es schien besser zu verlaufen, als die Mutter befürchtet. Nur als Ruben auf sie zutrat, sie umfaßte und küßte, schien es, als ob sie zusammenbrechen müßte. Dann aber raffte sie sich auf und hatte für jeden einen freundlichen Gruß und Dank. Freilich meinten die Leute, so sähe keine glückliche Braut aus, und viele fanden dies rätselhaft. Konnte es Lea besser wünschen, auch wenn sie noch so hochmütig und anspruchsvoll war?! Das Kleid, welches sie heute trug, war so

reich, wie man nur je eines im Ghetto gesehen, und von dem Brautkleid für Morgen erzählte man sich vollends Wunderdinge. Und diese
Geschenke – mehr Silber und Meißener Porzellan hatte auch Simche
Dormitzers Tochter nicht bekommen. Landau, der stolz darauf war,
diese »Partie« vermittelt zu haben, und sie als Empfehlung für sein
Geschäft benutzen wollte, ging fröhlich unter den Gästen umher und
machte sie auf all den Reichtum aufmerksam; wenn jemand von dem
Aussehen der Braut sprach, erwiderte er lachend: »Ach was! Melpomene kann ja gar nicht anders; sie muß immer eine tragische Miene
machen!«

Auch Tänzerles ließ sich gegen die Mittagsstunde unter den Gästen
blicken, doch hatte er nicht deshalb seine gewohnte Beschäftigung
unterbrochen, sondern um nach Wiesner zu sehen. Doch hatte er
vergeblich an dessen Tür geklopft und nahm an, daß er ausgegangen
sei. Als ihn jedoch Wolf beiseite nahm und vertraulich von dem
»wahnsinnigen Antrag« erzählte, erneuerte er seinen Versuch.

Auch diesmal klang ihm kein »Herein« entgegen, aber als er die
Türe aufklinkte, sah er Wiesner im Lehnstuhl vor seinem Tische sitzen,
die Arme aufgestützt, das Antlitz in die Hände vergraben. Er blickte
nicht auf, als Tänzerles näher kam, und fuhr erst empor, als ihn dieser
anrief.

Der Student wich entsetzt zurück. Der Mann mußte Furchtbares
leiden, es war, als wäre er jählings um zehn Jahre gealtert. »Fort!«
murmelte er. »Fort!« wiederholte er heftiger, und noch mehr als dies
Wort war es der Blick seiner Augen, der Tänzerles den Mut nahm,
auch nur ein Wort des Trostes zu versuchen. Betrübt schlich er zur
Türe hinaus und auf seine Stube.

Nach einer Stunde trieb es ihn, wieder nach dem Freunde zu sehen.
Aber diesmal stand die Tür offen, die Magd brachte das Zimmer in
Ordnung. »Der Herr Doktor ist eben ausgegangen«, sagte sie. »Vor
kaum zwei Minuten. Er muß sehr krank sein, denn er hat gewankt,
als müßte er beim nächsten Schritt zusammenstürzen.«

Tänzerles griff nach seinem Hute und stürzte ihm nach; ein jähes
Angstgefühl, über das er sich selbst keine Rechenschaft zu geben
wußte, beflügelte seine Schritte.

Wiesner bog eben um die Ecke des Gäßchens. Tänzerles bemühte
sich, ihn einzuholen. Das war nicht schwer. Der Unglückliche ging
sehr langsam dahin, in der Tat wie ein Schwerkranker oder als wan-

delte er im Schlafe. Die Augen waren offen, aber er sah die Begegnenden nicht und wich ihnen nicht aus; ein alter Mann, an den er unsanft stieß, schalt laut hinter ihm her: es sei eine Schmach, sich bei hellem Tage so zu betrinken. Wiesner schien es nicht zu hören, unwillkürlich übermannte den Studenten, während er dicht hinter ihm einherschlich, der furchtbare Gedanke: ›So geht ein Mensch, der den Tod sucht.‹ Und vollends erstarrte ihm das Blut, als er sah, daß Wiesner in die Kreuzgasse einbog, also der Moldau zu. Schon war er entschlossen, ihm in den Weg zu treten, aber da schien sich der Verzweifelte eines anderen zu besinnen.

Er blieb stehen, nahm den Hut vom Haupt und legte die Hand an die Stirne. »So geht es nicht«, sagte er halblaut vor sich hin, so daß Tänzerles jede Silbe verstand. »Die vielen Kähne …! Nein! Auf meinem Zimmer!«

Er wandte sich und ging die Gasse wieder hinab, Tänzerles immer dicht hinter ihm. Aber er bog nicht wieder in das Gäßchen ein, wie dieser geglaubt, sondern schritt nun rasch dem Altstädter Ring zu. Vor der Apotheke auf diesem Platze blieb er einen Augenblick stehen und trat dann ein.

Nun verstand der Student jene Worte: »Nein, auf meinem Zimmer!« Zitternd sah er durch die Spiegelscheiben, wie Wiesner drinnen ein Rezept schrieb und es dem Provisor reichte. Dieser blickte befremdet auf und tat dann eine Frage, worauf der junge Arzt eingehende Antwort gab. Der Provisor nickte, verschwand und kam mit einem kleinen Fläschchen wieder. Auch dieses sah Tänzerles ganz deutlich, es enthielt nur wenige Tropfen einer wasserhellen Flüssigkeit. Wiesner steckte es ein und zog seine Börse.

Soweit hatte Tänzerles, von Entsetzen gelähmt, die Szene beobachtet. Nun trat er in den nächsten Hausflur, damit ihn Wiesner nicht bemerke, und suchte sich zu sammeln. Wirre Gedanken zuckten ihm durchs Hirn; er wollte Wiesner das Fläschchen entreißen, dann einige Kollegen zur Hilfe aufbieten, endlich die Polizei verständigen. Aber plötzlich überkam es ihn: »Hier kann nur Lea helfen!« Und daran hielt er fest wie an einer Eingebung von oben.

Wiesner hatte den Heimweg eingeschlagen, Tänzerles überholte ihn am Eingang des Gäßchens und stürzte in atemloser Hast ins Haus, die Treppe empor und ins Wohnzimmer. Der Zufall war ihm günstig;

Lea stand eben hart an der Türe; sie geleitete ihre Großtante Miriam Herzheimer und verabschiedete sich von ihr.

»Auf ein Wort«, murmelte Tänzerles, »es geht um Tod und Leben!« Er faßte ihre Hand, zog sie durch den Flur in seine Stube und erzählte in fliegenden Worten, was er eben beobachtet. »Sein Leben liegt einzig in Ihrer Hand!« schloß er. »Sie allein haben die Macht über ihn, ihm das Fläschchen zu entreißen, das Ehrenwort abzunehmen, daß er am Leben bleibt ...! Mein Gott, da ist er wohl schon!«

In der Tat betrat Wiesner eben den Flur, ging auf sein Zimmer zu und legte die Hand auf die Klinke.

Schwer atmend, totenfahl stand Lea da. Dann trat sie auf ihn zu; er taumelte einen Schritt zurück. »Warum wollen Sie dies tun?« murmelte sie kaum hörbar. »Soll ich noch elender werden, als ich bin?! Geben Sie mir das Fläschchen!«

Er lehnte sich zitternd an die Türe und schloß die Augen. »Was gehe ich Sie an!« stieß er dann rauh hervor. »Sie verachten mich ja!«

»Nein!« schrie sie verzweifelt auf. »Nein!« wiederholte sie leise. »Ich verachte Sie nicht ...! Es war ein Mißverständnis. Ich will Ihnen alles aufklären ... Aber jetzt«, sie faßte seine Hand, »das Fläschchen!« flehte sie. »Und geben Sie mir Ihr Wort, daß Sie sich – daß Sie dies nicht tun werden – Ihr Wort, das Wort des Mannes, den ich unter allen Menschen am höchsten achte –«

»Lea!« Es schien, als wollte er sich ihr zu Füßen stürzen. Dann aber legte sich die Hand fester um die Klinke; die Türe ging auf. »Ich kann nicht«, murmelte er.

»Sie müssen!« flehte sie. »Erbarmen Sie sich meiner! Ich beschwöre Sie bei Ihrer Mutter, bei Ihrer Liebe zu mir ...! Versprechen Sie mir wenigstens, nichts zu tun, bis ich Ihnen alles aufgeklärt ... Sie werden dann ruhiger sein. Ich erwarte Sie morgen früh, sechs Uhr, im Wohnzimmer. Ihr Wort, daß Sie kommen?«

Sie hielt ihm die Hand hin. Gesenkten Hauptes stand er da, seine Rechte zuckte und zog sich wieder zurück, endlich legte er sie in die ihre. »Mein Wort«, murmelte er.

Die Unterredung hatte wenige Minuten gewährt; niemand hatte sie beobachtet, niemand die Abwesenheit Leas bemerkt. Auch fiel es nicht einmal der Mutter auf, daß sie nun noch erregter war als vorhin und dann in der Dämmerung in eine Ecke flüchtete und in tiefes Sinnen verloren vor sich hin starrte. Zuweilen überflog ein Zittern ihre Glieder, und auch ihrem Antlitz war es abzusehen, daß es ein schwerer Kampf war, den sie rang.

Die Lichter wurden angezündet, der Sabbat war zu Ende. »Nun können wir das Geschäft abtun!«, hörte sie ihren Vater zu Ruben sagen; sie wußte, um was es sich handelte, nun sollte Ruben die Summe erlegen, zu der er sich verpflichtet.

Sie richtete sich auf. »Vater!« schrie sie auf.

»Was willst du, mein Kind?« fragte Wolf befremdet und trat auf sie zu.

»Ich habe dir etwas zu sagen«, murmelte sie. »Dir und der Mutter … Jetzt, sofort!« fügte sie so flehenden Tones hinzu, daß er ihr in ihr Stübchen folgte, auch im Vorbeigehen seiner Gattin winkte, mitzukommen.

»Was soll das heißen?« wandte sich der Bräutigam verblüfft zu seinem Vetter Jossef Blau.

»Was weiß ich?« erwiderte dieser achselzuckend. »Sie ist eingebildet wie eine Prinzessin und klug wahrhaftig auch. Vielleicht glaubt sie, daß du ihre Schönheit noch immer nicht nach ihrem vollen Werte bezahlt hast, und will die Eltern bewegen, daß sie dir noch in der letzten Stunde mehr herauszupressen suchen. Aber du wirst fest bleiben, Ruben! In allem hast du diesen hochmütigen Bettlern nachgegeben, sogar darin, schon heute das Geld zu erlegen, als ob du ein hergelaufener Lump wärest, der Bürgschaft leisten muß. Aber nun ist's genug!«

»Wahrhaftig genug!« bestätigte Ruben. »Und wenn mir der Alte wirklich mit solchen Dingen kommt, so soll er mich kennenlernen!«

Aber er hatte sich vergeblich gerüstet. Wohl erschien Wolf erst nach ziemlich langer Zeit wieder, und in sichtlicher Erregung, aber er entschuldigte sich eifrig und bat dann die beiden, ins Nebenzimmer zu treten; die Quittungen lägen schon bereit.

»Was war es denn?« fragte Ruben.

»Dummheiten!« sagte Wolf verlegen. »Sie wollte – ja, was wollte sie nur? – Richtig, daß der Rabbi die Predigt kurz macht, weil das Brautkleid so schwer ist – und ähnliche Sachen … Dummheiten! Als ob das so dringend wäre …! Richtig, noch eins! Sie läßt sich entschuldigen, daß sie Sie heute nicht mehr sehen kann, sie hat Kopfweh!«

»Ja, sie war blaß«, erwiderte der Bräutigam. »Nun – bis morgen ist das wieder gut.«

Er zog die Brieftasche hervor und begann die Noten auf den Tisch zu zählen.

Indessen suchte Frau Taube ihr verzweifeltes Kind zu trösten. »So sieh doch wenigstens ein«, bat sie, »daß wir nicht anders können! Eine Verlobung am Tage vor der Hochzeit zurückgehen zu lassen, *diese* Verlobung, die ohnehin so viel beredet wurde – das ist ja unmöglich! Das wäre ja unerhört, wir wären gebrandmarkt auf Lebenszeit! Ich will gar nicht von uns sprechen, aber bedenke *dein* Schicksal! Du hättest dich ja nicht mehr vor Menschen zeigen können und dein Los wäre besiegelt für alle Zeit! Denn dem Doktor glaubst du doch nicht? – Er ist ja verrückt! – Und wenn du ihm glaubtest und wenn er bei Vernunft wäre, heiraten hättest du den Christen doch nicht können – nicht wahr? Ihre arme Mutter hätte meine Lea nicht vorzeitig ins Grab bringen mögen. Schilt uns also nicht hartherzig, mein Kind, und weine nicht so! Bedenk, es war dein eigener Wille! Erinnere dich, in diesem Zimmer hier habe ich dir gesagt: ›Die Entscheidung hängt von dir ab, überlege es dir, so lange du willst!‹ Du hast ›ja‹ gesagt, nun mußt du dein Wort halten. Auch wird ja gewiß noch alles gut werden!«

Lea ließ all die Worte lautlos über sich ergehen. »Du hast recht, Mutter«, sagte sie endlich, »es war mein eigener Wille, ich mache dir keine Vorwürfe. Verzeih mir auch, daß ich noch diesen Versuch gemacht habe! Sieh, wenn jemand freiwillig ins Wasser springt und sich dann dennoch vor dem Ertrinken zu wahren sucht, so findet man dies auch begreiflich … Ich werde stillhalten, Mutter, wenn mir Ruben morgen vor dem Rabbi den Ring an den Finger steckt. Du kannst ruhig sein. Aber nun laß mich allein – ich will zu schlafen versuchen.«

Die Mutter ging, sie hatte ohnehin noch viel für morgen zu ordnen. Bis in die tiefe Nacht hinein währte das laute Treiben im Hause.

Als Frau Taube endlich, kurz vor Mitternacht, ihr Lager aufsuchen wollte, warf sie vorher einen Blick in das Stübchen des Mädchens. Lea lag zu Bette und schien zu schlummern; das Licht war gelöscht, doch flutete durch das geöffnete Fenster das volle Licht des Mondes.

Leise huschte die Mutter ans Fenster, schloß es und ließ die Gardine herab. Es ist nach dem Volksglauben für eine Braut nicht gut, im Mondlicht zu schlafen, am wenigsten in der Nacht vor der Hochzeit.

»Gute Nacht!« flüsterte sie dann zärtlich, als ob die Schlafende sie hören könnte, und schlich hinaus.

Mitternacht war vorüber. Nun hatten alle die Ruhe gesucht, nur Wiesner wachte noch. Sein Lager stand unberührt, wie hätte er auch auf Schlaf hoffen können! Am Fenster stand er und starrte in die herrliche Julinacht hinaus. Aber seine Sinne empfanden nichts von ihrem Zauber; stumpf starrte er vor sich hin; nach all den entsetzlichen Aufregungen dieses Tages war eine Art Betäubung über ihn gekommen. Nur wenn die Uhr von der Teynkirche her die Zeit verkündete, horchte er auf und zählte die Schläge.

Nun schlug es eins. »Noch fünf Stunden«, murmelte er.

Da flackerte plötzlich die Kerze im Windzug; ihm war, als wäre seine Türe gegangen; er blickte sich um und stieß einen dumpfen Schrei aus. In der Türe stand Lea, das Haar gelöst, im Nachtgewand, um das sie einen Mantel geworfen.

Sie trat ein, schloß die Türe und ging dann langsam bis zum Tische vor, während er noch immer, keiner Bewegung mächtig, dastand und sie mit weit geöffneten Augen anstarrte, als wäre sie ein Gespenst. Sie zitterte an allen Gliedern und stützte sich mit beiden Händen auf den Rand des Tisches, als müßte sie sonst umsinken. Das Licht, dessen Schein mit dem Mondlicht stritt, beschien ihre Züge; eine Purpurröte bedeckte ihr Antlitz.

»Denken Sie nicht schlecht von mir«, begann sie leise. »Es hat mir keine Ruhe gelassen … Ich dachte: Ihr Leben hängt davon ab, und nun soll ich es dem Zufalle überlassen, ob nicht vielleicht morgen früh noch jemand anderer im Wohnzimmer ist … Bitte – wollen Sie mich hören?«

Er nickte stumm und trat näher heran; sie hob wie abwehrend die Hand.

»Verzeihen Sie!« murmelte sie dann, und wieder stieg die dunkle Röte auf … »Kaum weiß ich, wie ich beginnen soll. Sie wollten sterben, weil Sie sich von mir verachtet glaubten? Meinetwegen sterben – ich fasse es kaum …! Und ach, wüßten Sie, wie ich dazu kam, so von Ihnen zu denken!«

Sie begann zu erzählen, was sie nach jener Begegnung an der Brücke empfunden, dann, wie sie seine Rolle im Hause aufgefaßt. Leise fielen die Worte von ihren Lippen, zuweilen stockte sie.

»Dies ist die Wahrheit«, fügte sie hinzu, »als ob ich vor Gott stünde. Verzeihen Sie mir, bedenken Sie, was ich bisher von den Männern erfahren! Die einen hatten Vermittler geschickt und über meinen

Preis unterhandelt, die anderen wollten mich durch freche Reden oder Schmeicheleien betören. Daß Sie mich liebten, um mich werben wollten, wie hätte ich es denken und begreifen sollen! Ich wußte ja nicht, was Liebe ist!«

»Und jetzt?« fragte er.

»Jetzt weiß ich es – seit heute morgen! Kein Wort sagt, wie mir zumute wurde, als ich Sie so zu meinen Eltern sprechen hörte. Auf den Knien hätte ich Ihnen meinen schnöden Verdacht abbitten mögen und mußte statt dessen dulden, daß meine Mutter Ihnen den Schimpf ins Gesicht schleuderte. Wie wehe mir dies tat, kann ich gar nicht sagen, noch weher als die Erkenntnis meines eigenen Elends. Denn glücklich war ich auch bis dahin nicht gewesen, nun aber wußte ich erst, welcher Jammer mich in dieser Ehe erwartete ... Sie glauben gewiß, daß ich zur neuen Verlobung mit Ruben von meinen Eltern gezwungen wurde?«

»So war es auch!« rief er. »Belasten Sie sich nicht selbst, um jene zu entschuldigen.«

»Nein!« rief sie. »Es war mein freier Wille! Ich tat es gewiß aus Liebe zu den Meinen, aber nicht deshalb allein. Ich dachte: Ob dieser oder ein anderer; du mußt einen nehmen, der reich genug ist, warum nicht ihn? Daß das Herz des Mädchens für den Mann sprechen muß, ich wußte es nicht, ich glaubte nicht daran. Und noch eines bestimmte mich ›ja‹ zu sagen: Ich glaubte mich an ihn gefesselt« – schier versagte ihr die Stimme, aber sie bezwang sich –, »weil er mich geküßt – weil ich – nicht noch einmal von einem anderen die gleiche Qual erfahren wollte ...! Und nun kamen Sie, und ich erkannte, was ich Ihnen war und wie jenes Gefühl sein soll, das Mann und Weib aneinander fesselt, und erkannte –«

»Daß du mich liebst!« rief er und sank zu ihren Füßen nieder und bedeckte ihre Hände mit glühenden Küssen. Mühsam hatte er an sich gehalten, nun flackerte seine Leidenschaft hoch auf.

»Lea, dann ist ja alles gut. Glaubst du, ich ließe dich noch jenem Menschen, nachdem du mir dies gesagt! Du wirst mein Weib, und wenn die ganze Welt gegen uns wäre!«

»Um Gottes willen«, schluchzte sie und machte sich von ihm frei. »Stehen Sie auf! Knien Sie nicht vor mir, ich bin ja keines Gedankens von Ihnen wert ... Es kann ja nicht sein – ich wußte es gleich, und als ich meine Eltern anflehte, mich freizugeben, da meinten sie, ich sei wahnsinnig geworden. Es ist ja alles aus, und morgen bin ich Rubens Weib!«

»Flieh mit mir!« rief er. »Jetzt in dieser Stunde! Morgen sind wir über der Grenze, und ich mache dich zu meinem Weibe – ich schwöre es dir – bei dem greisen Haupte meiner Mutter!«

»Ich kann ja nicht!« rief sie verzweiflungsvoll … »Ich kann es meinen Eltern nicht antun! Auch war es ja mein Wille – ich muß mein Wort halten!«

»Dann geh!« rief er. »Möge dich deine Kindesliebe trösten, wenn du erfährst, daß ich –«

»Sie dürfen nicht sterben! Richard! Sie werden es nicht tun! Jetzt, wo ich Ihnen alles gestanden, jetzt –«

»Törin!« rief er wild. »Ich wollte mich um des Mädchens willen töten, das mich nicht liebte, das mich verachtete, weil ich ohne seinen Besitz nicht leben konnte – und sollte den Gedanken ertragen können, dich, die du mich liebst, in den Armen jenes Menschen zu wissen?! Geh!«

»Ich gehe nicht, bis ich das Fläschchen habe und Ihr Wort, am Leben zu bleiben … Ich kann ja nur flehen« – fuhr sie fort und sank mit gefalteten Händen vor ihn hin. »Und ich flehe dich an: Erbarme dich unser beider! Sieh, wie armselig mein Leben ohnehin sein wird, es muß dich ja auch schaudern, wenn du daran denkst, erbarme dich meiner, Richard, gib mir das Fläschchen. Sieh! Du kannst ja noch glücklich werden. Du wirst es werden: ein großer Arzt, ein Wohltäter der Menschen. Sie loben dich alle und rühmen deine Zukunft – lebe für die Menschen – da du für mich nicht leben kannst!«

Sie umfaßte seine Knie und hob die gefalteten Hände und das tränenüberströmte Antlitz zu ihm empor. »Du darfst nicht sterben, du nicht! Sieh, die anderen sind so häßlich, so schlecht, so eigensüchtig und sollen leben und sich der Sonne freuen und du sollst sterben! Du Guter, du Reiner, du Edler! Richard, erbarme dich!«

»Ich kann nicht!« stöhnte er.

Sie erhob sich und blieb vor ihm stehen. Stürmisch hob und senkte sich ihr Busen, das Antlitz wurde glühendrot und wieder totenbleich. Mit geschlossenen Augen trat sie dicht am ihn heran.

»Richard!« murmelte sie fast unverständlich. »Ich will mich nicht wehren – aber dann gib mir das Fläschchen!«

Er starrte sie an und erzitterte, er hob die Arme, wie um sie an sich zu ziehen, dann aber wich er zurück und stand ohne Regung da, und nichts war hörbar als seine schweren Atemzüge.

Endlich hatte sein Herz gesiegt. Er ging zum Nachtkästchen, nahm das Fläschchen und drückte es ihr in die Hand.

»Geh«, murmelte er, »ich tue es nicht. Niemals. Ich will werden, was du von mir hoffst. Mein Wort!«

Wie von einem Blitzstrahl gefällt, so jählings war sie vor ihn hingesunken und küßte seine Hand. Dann erhob sie sich.

»Leb wohl!« murmelte sie.

»Leb wohl!« erwiderte er leise, mit gebrochener Stimme.

Als er wieder aufblickte, war sie verschwunden.

Am nächsten Morgen fanden sich die Freundinnen Leas schon früh ein, sie schmücken zu helfen; selbst der Neid mußte zugeben, daß es diesmal der Mühe wert sei. Eine schönere Braut hatte man noch nie gesehen, freilich auch keine bleichere.

Aber dies nahm Ruben nicht schwer. »Rot wird sie heute abend schon werden«, sagte er schmunzelnd zu seinem Vetter Jossef, als sie im Wohnzimmer der Braut harrten, um dann die Fahrt zur Synagoge anzutreten.

Eine jener Fügungen, die wir Zufall zu nennen gewohnt sind, weil wir keinen andern Namen hiefür wissen, sorgte dafür, daß Lea, von den anderen unbemerkt – sie stand hinter der halbgeöffneten Türe und hatte eben eintreten wollen – diese Worte hörte und das Gespräch, welches sich daran knüpfte.

»Du Glücklicher!« sagte Jossef. »Nun, teuer genug hast du sie bezahlt!«

»Aber nicht zu teuer!« rief Ruben. »Sieh sie dir nur genauer an, dieses Gesicht, dieser Wuchs! Möge Gott sie mir bis zu siebenzig Jahren erhalten, aber wenn sie, was der Himmel verhüten möge, morgen stürbe – ich wäre sehr unglücklich; ich konnte vielleicht sogar um keine andere mehr werben, aber – auf Ehre! – ich würde um mein Geld nicht klagen! Auf Ehre nein! Sieh sie dir nur an!«

Es währte lange, bis Lea eintrat. Sie war totenbleich, aber ihre Augen leuchteten in einem seltsamen, fast überirdischen Glänze. ›Mein Herr und Gott!‹ dachte sie. ›Ich habe gegen dich gemurrt, und wie barmherzig bist du gegen mich! Nun gönnst du mir schonend statt eines langen Lebens der Qual einen einzigen kurzen Tag. O Herr und Gott, ich danke dir!‹

Die Trauung, die Rede des Rabbi, das Hochzeitsmahl waren so glänzend, wie man es selten im Prager Ghetto gesehen. Gegen die neunte Abendstunde wurde Ruben feierlich mit seinem Weibe nach seiner Wohnung geleitet.

Im Morgengrauen des nächsten Tages hatte Ruben einen seltsamen Traum: Eine hochgewachsene, düstere Greisin im weißen Sterbekleide trat in das Gemach, wo er neben der Neuvermählten ruhte, und beugte sich über sie. Und nun erkannte er sie; es war die tote Esther, sie nahm Lea in ihre Arme und trug sie davon ...

So lebhaft war dieser Traum, daß Ruben aufstöhnte und erwachte. »Gottlob!« murmelte er und beugte sich zu dem schönen Weibe, sie mit einem Kuß auf die Schulter zu wecken.

Aber ihr Leib war eisigkalt. »Sie ist ohnmächtig!« schrie er auf und rief die Dienerinnen herbei.

Lea war tot. Die Finger der Rechten hielten krampfhaft ein kleines Fläschchen umschlossen.

Richard Wiesner ist erst vor wenigen Jahren gestorben; er war einer der größten Anatomen unseres Jahrhunderts, vortreffliche Werke und Hunderte von Schülern verkünden seinen Ruhm, Tausende und aber Tausende von Menschen verdanken seinen Forschungen Genesung oder Erleichterung ihrer Leiden.

Er ist unvermählt geblieben.

Biographie

1848   *25. Oktober:* Karl Emil Franzos wird in Czortków (Galizien) als Sohn des jüdischen Arztes Heinrich Franzos und seiner Ehefrau Karoline, geb. Klarfeld, geboren.

1854   Nach dem Tod seines ersten Lehrers Heinrich Wild besucht Franzos die Klosterschule der Dominikaner in Czortków.

1858   Tod des Vaters.

1859   Umzug der Familie nach Czernowitz, der Hauptstadt der Bukowina.
Besuch des Gymnasiums in Czernowitz (bis 1867).

1867   Abitur in Czernowitz.
Franzos hat den Wunsch, Altphilologie zu studieren und hofft angesichts seiner schlechten finanziellen Lage auf ein Stipendium vom Staat. Dieses wird jedoch Juden nicht erteilt.
Studium der Rechtwissenschaft, Philosophie und Geschichte in Wien und Graz (bis 1871).

1871   Als Sprecher der progressiven Burschenschaften zieht sich Franzos einen Gesinnungsprozeß zu.
Aus politischen Gründen und wegen seiner jüdischen Konfession erhält Franzos trotz eines guten Studienabschlusses keine Anstellung im Staatsdienst.
Franzos verzichtet auf die Eröffnung einer Anwaltspraxis. Er wird freier Schriftsteller und Journalist.
Mitarbeiter der Zeitschrift »Über Land und Meer«.

1872   Feuilletonredakteur der Tageszeitung »Ungarischer Lloyd« (bis 1873).
Veröffentlichung erster Erzählungen und Skizzen in Zeitschriften.
Als Journalist unternimmt Franzos in den folgenden Jahren ausgedehnte Reisen durch England, Frankreich, Italien, die Schweiz, Deutschland, Ungarn, Rußland, die Türkei, Kleinasien und Ägypten (bis 1877).

1876   Franzos lebt in Wien (bis 1886).
Reporter und Redakteur der »Neuen Freien Presse« in Wien.
»Aus Halb-Asien. Kulturbilder aus Galizien, der Bukowina, Südrußland und Rumänien« (Skizzen, 2 Bände).

1877	Eheschließung mit der Schriftstellerin Ottilie Benedikt, die unter dem Pseudonym Franzos Ottmer publiziert.
	Die Novellensammlung »Die Juden von Barnow« erscheint. Sie wird zu seinen Lebzeiten in sechzehn Sprachen übersetzt.
1878	»Vom Don zur Donau« (Skizzen, 2 Bände).
1879	Franzos gibt Georg Büchners »Sämtliche Werke« zusammen mit dem handschriftlichen Nachlaß heraus, darunter erstmals den »Wozzek« (in einer verstümmelten Fassung).
	»Junge Liebe« (Erzählungen).
1880	»Moschko von Parma« (Roman).
1882	»Ein Kampf ums Recht« (Roman).
1883	»Das Ghetto des Ostens« (Schilderungen).
1884	Franzos wird Herausgeber und Chefredakteur der »Wiener Illustrierten Zeitung« (bis 1886).
1886	Herausgeber und Chefredakteur der in Stuttgart erscheinenden literarischen Halbmonatsschrift »Deutsche Dichtung« (bis zu seinem Tod 1904), in der er u.a. Novellen von Theodor Storm und Ferdinand von Saar erstveröffentlicht und zugleich einen heftigen Kampf gegen den Naturalismus führt.
	»Tragische Novellen«.
1887	Übersiedlung nach Berlin.
	Fortsetzung der journalistischen Tätigkeit.
1888	»Aus der großen Ebene« (Skizzen, 2 Bände).
1891	»Judith Trachtenberg« (Roman).
	Franzos tritt in Berlin dem »Zentralkomitee für die russischen Juden« bei, das Geld für die verfolgten Juden in Rußland sammelt.
1893	»Der Wahrheitssucher« (Roman, 2 Bände).
	Aus Enttäuschung über die gesellschaftliche Situation, in der sein Wunschtraum einer deutsch-jüdischen Kultursymbiose nicht zu verwirklichen ist, veröffentlicht Franzos seinen fertiggestellten autobiographischen Roman »Der Pojaz« nicht. Er erscheint erst nach seinem Tod (1905).
1897	Franzos gibt die Sammlung »Briefe und Aufzeichnungen aus dem 19. Jahrhundert« heraus (4 Bände, bis 1900).
1903	»Deutsche Fahrten« (Reise- und Kulturbilder, 2 Bände).
1904	»Neue Novellen«.
	28. Januar: Karl Emil Franzos stirbt in Berlin.